前 言

　　從《詩經》誕生以來，詩歌便在中華民族的血脈中流淌開來。《楚辭》長短參差，感情奔放，獨領「風騷」；漢樂府詩「緣事而發」，質樸卻不俚俗，自成一派；而後《古詩十九首》橫空出世，開啟了人的自覺與文的自覺，《詩品》讚其曰「一字千金」。

　　建安七子，詩風遒勁；竹林七賢，慷慨而歌。田園、隱逸，其憂難解。南北朝民歌各自璀璨，纏綿清麗與剛健爽朗並立。

　　唐詩、宋詞，中國文學史上的兩顆明珠，光芒耀眼，不可直視。元至明清，復古與革新交替，詩作噴湧，文脈傳承不息。

　　讀萬卷書，行萬里路。千年詩詞之美，歌盡中華山河。何不讓孩子跟著優美詩詞的腳步，領略天南地北的壯麗畫卷，學習全面、系統的地理知識。用古詩詞解讀中國地理，建構立體的地理文化體系與科學脈絡。

　　全套書選取二十八首古詩詞，說盡中國山川名勝之美，亦有氣象、天體、水文、地形等知識的詳細剖析。一條地理線，學會古典詩詞；一條詩詞線，看遍大美中國。

目錄

02 / 大林寺桃花 白居易
04 / 氣候的垂直變化

06 / 約客 趙師秀
08 / 冷暖空氣「大過招」

10 / 風 李嶠
12 / 風及風力等級

14 / 山行 杜牧
16 / 霜

18 / 己亥雜詩（其一百二十五） 龔自珍
20 / 雷電

22 / 竹枝詞二首（其一） 劉禹錫
24 / 雲

26 / 夜雨寄北 李商隱
28 / 成因不同的雨

30 / 江雪 柳宗元
32 / 雪

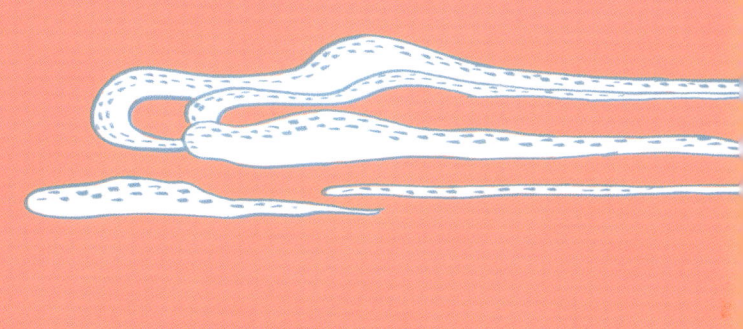

34 / 秋懷 陸游
36 / 熱島效應

38 / 涼州詞二首（其一） 王之渙
40 / 中國的季風氣候

42 / 水調歌頭 蘇軾
44 / 大氣層的垂直分層

46 / 別董大 高適
48 / 沙塵暴

50 / 白雪歌送武判官歸京 岑參
52 / 氣候的形成因素

54 / 絕句 吳濤
56 / 冷空氣

大林寺桃花

〔唐〕白居易

人間四月芳菲盡，
山寺桃花始盛開。
長恨春歸無覓處，
不知轉入此中來。

◎ 芳菲：盛開的花。
◎ 長：常，經常。
◎ 覓：尋找。

1 這首詩很好懂

農曆四月，山下村落裡的花兒都謝了，山上大林寺的桃花才剛剛盛開。我常為春光逝去無處尋覓感到遺憾，沒想到春天居然躲到這裡來了。

2 詩詞鑑賞課

詩中第一句的「芳菲盡」與第二句的「始盛開」在對比中遙相呼應。它們字面上是寫景，實際上也是在抒情，亦是思緒上的跳躍：由一種愁緒滿懷的嘆逝之情，突變到驚異、欣喜，以至心花怒放。三、四句用擬人化的手法寫出春天沒有逝去，而是躲起來了，可以說將春光寫得活靈活現、生動活潑。

❸ 詩詞故事：白居易在杭州

　　人稱「詩魔」的白居易，不僅是偉大的社會寫實派詩人，還是心繫民生的能臣幹吏。西元822年，白居易出任杭州刺史。他見錢塘湖（今西湖）年久失修，以致淤泥堵塞河道、水井，百姓農耕、飲水多有不便，心憂不已。於是，白居易召集民夫清理錢塘湖淤泥，將堤壩加高以提升蓄水功能，數十萬畝農田因此得以灌溉。而後，白居易還寫下了治理錢塘湖的心得、注意事項並刻於石上，置於湖邊，供後人觀摩。為解決杭州百姓的用水難題，白居易主持疏浚了城中六口失修的古井，並召集工匠開鑿河道引水入城。杭州自此甘泉遍布。

　　西元824年，白居易調離杭州，百姓紛紛出城相送。為感念白居易對杭州的貢獻，當地人將白居易主持修建的堤壩稱為「白公堤」。

《詩經‧周南‧桃夭》有「桃之夭夭，灼灼其華」之句，自此開啟了中國文學以桃花比喻女子的傳統。

❹ 小試牛刀

詩句「人間四月芳菲盡，山寺桃花始盛開」運用的寫作手法是（　）。
A.擬人　　B.對比　　C.誇飾

❺ 「桃」字飛花令

竹外桃花三兩枝，春江水暖鴨先知。
　　　　　　——〔宋〕蘇軾〈惠崇春江晚景〉
西塞山前白鷺飛，桃花流水鱖（ㄍㄨㄟˋ）魚肥。
　　　　　　——〔唐〕張志和〈漁歌子〉

參考答案：B

03

氣候的垂直變化

好奇放大鏡

「人間四月芳菲盡，山寺桃花始盛開。」桃花，代表著美好的春光。在欣賞桃花之美時，古人可能疑惑不解：為什麼山上山下的花兒盛開時間不同呢？這其實與氣候的垂直變化有關。

★ 氣候垂直變化

氣候的垂直變化一般指高山地區自然地理環境及其組成要素隨高度遞增的規律性。我們知道，影響氣候形成的兩大因素是氣溫和降水。海拔每升高100公尺，氣溫下降0.6℃。而隨著海拔的升高，降水量則會先增後減。

地面因太陽輻射而增溫，近地面大氣則因地面輻射而增溫。這部分由地面放出的、由大氣吸收的輻射，才是氣溫真正的「決策者」。大氣吸收地面輻射時，二氧化碳和水蒸氣是「主力軍」。海拔越高，空氣越稀薄，二氧化碳和水蒸氣就越少，故而氣溫也就越低。

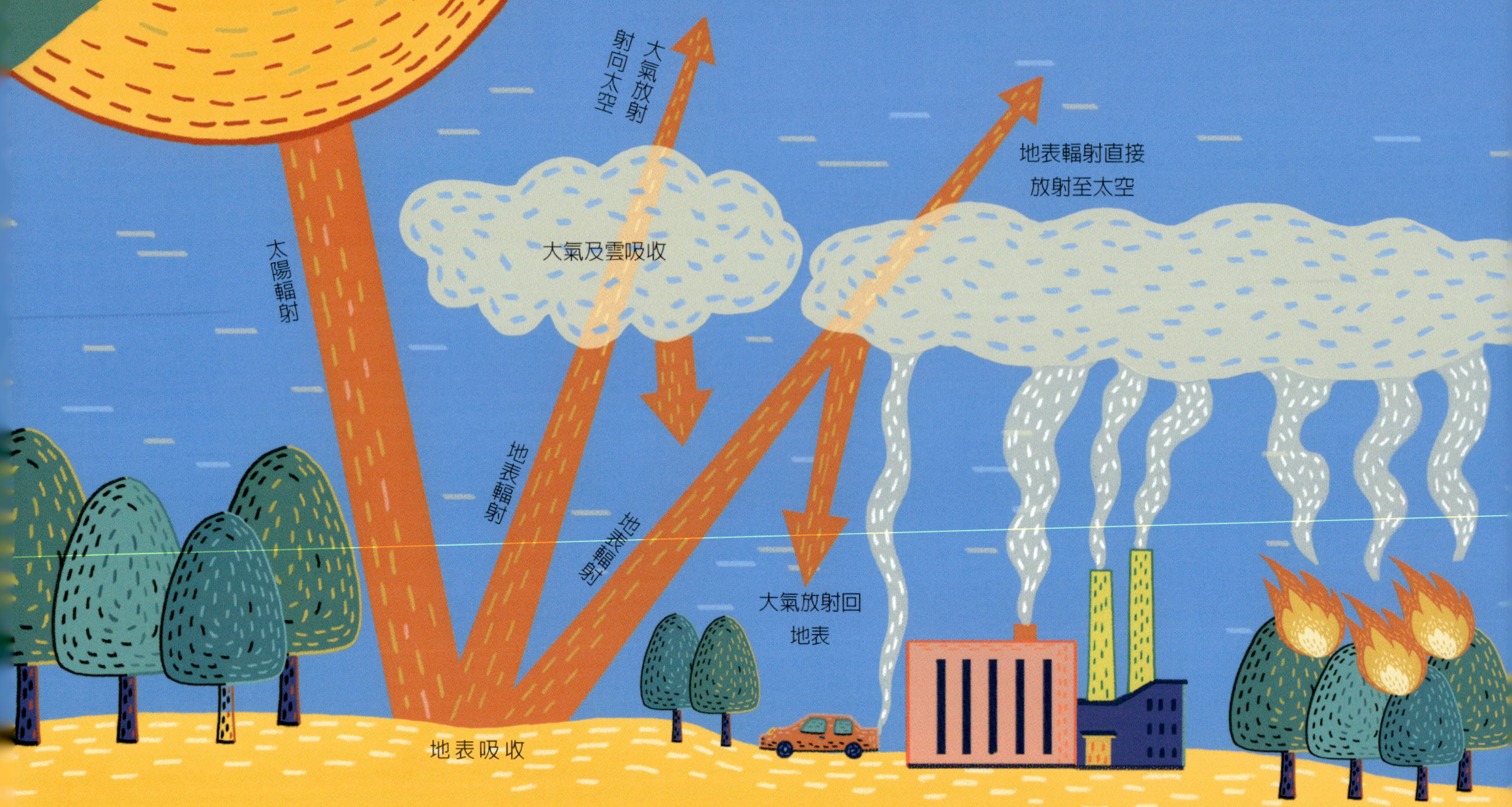

花兒為什麼五彩斑斕？

花朵的顏色五彩斑斕。這是為什麼呢？這其實與花瓣表皮細胞中的花青素、類胡蘿蔔素等有關。花青素在酸性環境中，會呈現出紅色；在鹼性環境中，會呈現出藍色；而當它在近中性條件下，則會呈現出紫色。當然，花兒的顏色並不完全由花青素掌控，類胡蘿蔔素（主要包括胡蘿蔔素和葉黃素）的作用也不可忽視。類胡蘿蔔素會賦予花兒黃、橙等顏色。

潮溼的氣團沿著山坡向上爬升，越往上氣溫越低，水蒸氣不斷冷凝，降水量不斷增大。當到達一定高度後，水蒸氣就消耗殆盡了，所以降水量隨著海拔升高又不斷減少。因此，在氣溫和降水這兩個因素的雙重作用下，只要山體足夠高，就能形成足夠豐富的氣候類型。

　　在氣候的影響下，土壤的性質也會發生一定變化，所以在不同海拔下，適宜生長的植物類型也不同。植物類型的分布也大致與等高線平行，呈條帶狀，這就是植被的「垂直分布」。山體越高，氣候類型越多，能「裝下」的植物種類也就越多。在世界最高峰聖母峰，從鬱鬱蔥蔥的常綠闊葉林到寸草不生的積雪冰川，都能找得到。

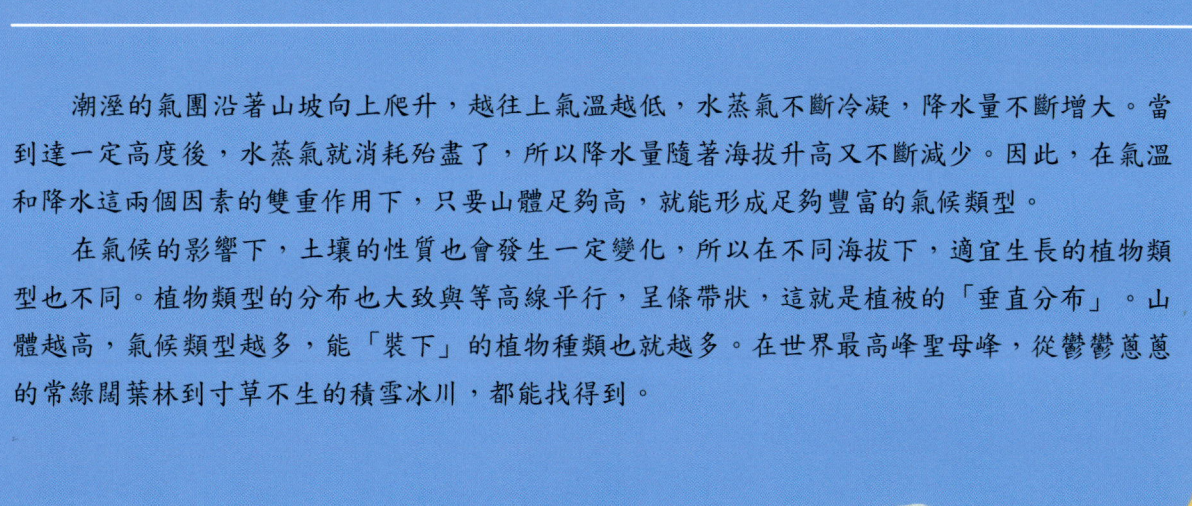

積雪冰川帶

高寒荒漠帶

高山草原帶

高山灌木林帶

② 高空稀薄的大氣把大部分的地面熱量都放走了，因而十分寒冷。

③ 暖溼氣團遇到山地後開始爬升，遇冷凝結，形成降雨。

④ 因氣溫和降水條件不同，從山下到山頂形成了不同的植被景觀，從下至上依次為：常綠闊葉林帶、針闊葉混合林帶、針葉林帶、高山灌木林帶、高山草原帶、高寒荒漠帶、積雪冰川帶。

針葉林帶

① 近地面的大氣大量吸收地面輻射，因而十分溫暖。

針闊葉混合林帶

常綠闊葉林帶

05

約客

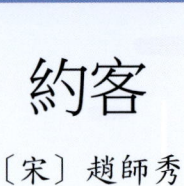

〔宋〕趙師秀

黃梅時節家家雨,青草池塘處處蛙。
有約不來過夜半,閒敲棋子落燈花。

◎ 黃梅時節:夏初江南梅子黃熟的時節,此時當地多陰雨。

1 這首詩很好懂

　　黃梅時節,家家戶戶都籠罩在煙雨中。長滿青草的池塘邊,傳來陣陣蛙聲。午夜已過,客人未能如約而至,我無聊地輕敲棋子,看著燈花一朵朵落下。

2 詩詞鑑賞課

　　本詩前兩句寫景,後兩句敘事。開篇交代背景,黃梅時節,細雨綿綿,「處處蛙」看似喧鬧,實則反襯出夏夜的寂靜。約客未至,詩人百無聊賴,「閒敲棋子」這一細節凸顯惆悵。全詩對比明顯,前兩句喧聒盈耳,後兩句枯坐敲棋,更顯落寞。

③ 詩詞故事：永嘉才子趙師秀

趙師秀是南宋著名詩人，號靈秀，永嘉（今浙江溫州）人，與徐照、徐璣（ㄐㄧ）、翁卷合稱「永嘉四靈」。趙師秀雖然才華出眾，且貴為宋太祖八世孫，但仕途頗為不順，曾作詩自嘲：「官是三年滿，身無一事忙。」他不僅創作了許多清新靈動的詩歌，而且收集了晚唐詩人賈島、姚合二人的作品，選編《二妙》、《眾妙》兩部詩集。他主張詩歌創作應效仿以賈島、姚合為首的晚唐詩人，風格要清苦瘦峭，意境要清幽秀雅。由此打出「宗法晚唐」的旗幟，開創了一代詩風。

④ 小試牛刀

「黃梅時節」指的是以下哪個季節？（　）
A.暮春　　B.初夏　　C.盛夏

⑤ 「棋」字飛花令

百千家似圍棋局，十二街如種菜畦。──〔唐〕白居易〈登觀音臺望城〉
觀棋不語真君子，把酒多言是小人。──〔明〕馮夢龍《醒世恆言》

姓名：趙師秀
字：紫芝
生年：1170
卒年：1219

圍棋起源非常早，但作為文學創作的題材於唐宋才開始興盛。圍棋的文學形象，唐代著重意趣，宋代則呈現出細節化、生活化的特點。

B：答案考參

冷暖空氣「大過招」

好奇放大鏡

梅子成熟時節，江淮流域的陰雨一直綿延不絕。這雨季有一個詩意的名字——梅雨。名字雖好，可它卻並不怎麼討人喜歡。衣服、家具等在這個時節一不小心就會受潮、發霉。因此，它又有「霉雨」這一別稱。那麼，梅雨究竟是怎樣形成的呢？

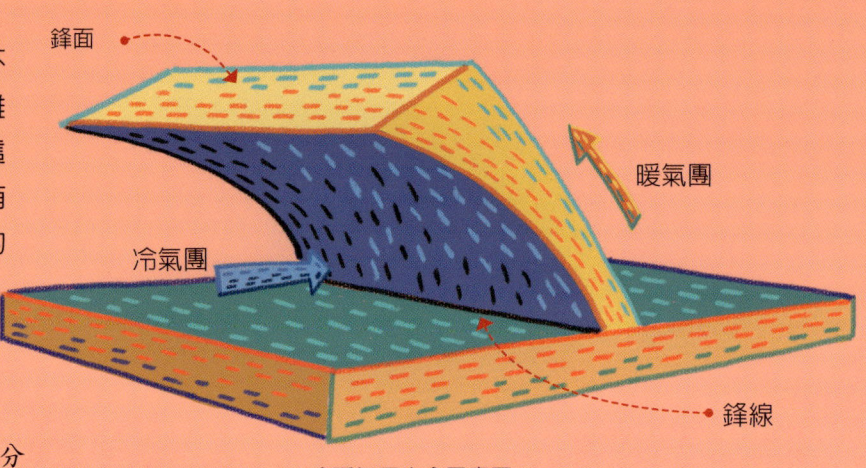
▲ 冷暖氣團交會示意圖

① 冷暖氣團的「交鋒」

氣團是指溫度、溼度在各高度水平方向上分布較均勻的大範圍氣塊。氣團溫度如果高於其移動到達地區的氣溫，被稱為「暖氣團」；反之，則為「冷氣團」。當冷暖氣團相遇時，雙方並不會簡單地融合在一起，而是會「交鋒」。氣象學家將它們接觸的面稱為「鋒面」，鋒面和地面接觸的線就是「鋒線」，鋒面和鋒線的組合就稱為「鋒」。如果是冷氣團主動向暖氣團移動，就是「冷鋒」；相反，如果是暖氣團主動向冷氣團發起「進攻」，就是「暖鋒」。因冷氣團冷而重，暖而輕的暖氣團會被其抬升起來。暖氣團中的水蒸氣遇到溫度比自己低的冷氣團，就會冷凝，從而產生降水。人們根據冷、暖氣團的「力量大小」，將鋒面分為冷氣團勢力更大的「冷鋒」、暖氣團勢力更大的「暖鋒」和勢均力敵的「滯留鋒」三大類型。

▲ 緊湊的冷空氣分子

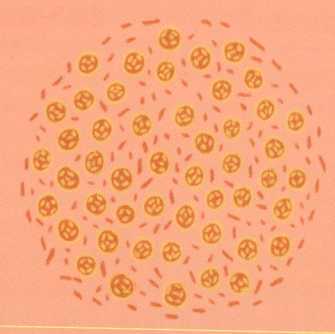
▲ 分散的暖空氣分子

冷空氣內分子運動不劇烈，空氣分子可以緊湊地擠在一起，單位空間內分子數比較多，因此比較重；暖空氣內分子運動劇烈，分子容易相互碰撞而被彈開，因此單位空間內分子數就會比較少，所以比較輕。

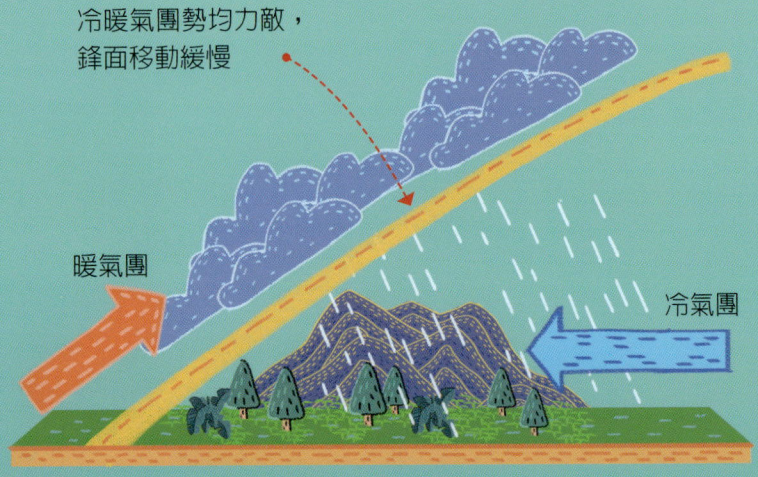
▲ 滯留鋒示意圖

④ 滯留鋒：黃梅時節家家雨

中國有四大滯留鋒。趙師秀所描寫的「黃梅時節家家雨」，正是源於四大滯留鋒中的江淮滯留鋒。每年六月中旬至七月中旬的長江中下游平原，來自南方海洋的暖氣團北上，和自北方大陸南下的冷氣團相遇，形成降水。兩氣團勢均力敵，誰也不讓誰，鋒面移動緩慢，由此形成的降水可持續一個月左右。此時恰逢梅子黃熟，故稱「梅雨」。

❷ 冷鋒過境：一場秋雨一場寒

俗語所說的「一場秋雨一場寒」，其實就是冷鋒過境的結果。秋季，來自西伯利亞的冷氣團南下，進入中國大部分地區，與南方日漸衰微的暖氣團相遇，暖氣團被一路抬升，氣團中的水蒸氣冷凝，形成降水。冷鋒過境後，冷氣團取代了原來暖氣團的位置，氣溫就降低了。冷空氣一次次南下，造成一次次降雨，也使得當地的氣溫一次次降低。

❸ 暖鋒過境：一場春雨一場暖

「一場春雨一場暖」則是暖鋒過境的結果。春季，來自太平洋的暖溼氣流逐漸向西北推進，與北方冷空氣相遇，暖空氣沿著冷空氣邊緣徐徐抬升，其中的水蒸氣遇冷凝結，形成降水。因為暖氣團移動速度比冷氣團慢，所以降水不像冷鋒那樣，來得快去得快，會持續較長時間。暖鋒過境後，當地受暖氣團控制，氣溫也就逐漸升高了。

▲ 冷鋒過境圖

▲ 暖鋒過境圖

梅子居然是調味品

梅子以酸味著稱，在食用醋發明之前，它是人們獲取酸味最主要的食材和調味品，其地位幾乎與鹽相當。故《尚書》中有「若作和羹，爾惟鹽梅」之語。《尚書》所記，亦不乏考古實物佐證。據《1969-1977年殷墟西區墓葬發掘報告》，在編號為M234商墓中出土的一只銅鼎內，便發現了已炭化的梅核，表明早在3200年前，梅子便已用於調味。

在江南地區，青梅、黃梅是暮春初夏時當地人的必備佳果，人們採摘把玩、煮酒鮮食，為梅子賦予了濃郁的時令風物氣息。

風

〔唐〕李嶠

解落三秋葉，
能開二月花。
過江千尺浪，
入竹萬竿斜。

◎ 解落：脫落，這裡指吹落。
◎ 三秋：農曆九月，指晚秋。
◎ 二月：農曆二月，指早春。

❶ 這首詩很好懂

風可以吹落晚秋的樹葉，可以吹開早春的花朵。風颳過江面能掀起千尺巨浪，吹過竹林能使無數竹竿起伏搖盪。

❷ 詩詞鑑賞課

這既是一首對仗工整的詠物詩，也是一則巧妙的謎語。本詩通篇沒有出現一個「風」字，卻透過描寫葉落、花開、浪湧、竹斜等場景，展現了風的特點。

❸ 詩詞故事：「宰相詩人」李嶠

　　李嶠是初唐詩人，少年時即以文辭華麗顯名於世，晚年更被稱作「文章宿老」。一生歷仕唐高宗、武周帝、唐中宗、唐睿宗、唐玄宗五任帝王，先後三次出任宰相。他在政治上成就並不突出，詩名卻遠播海外。李嶠所作的《雜詠詩》，一詩詠一物，內容包羅萬象，流傳到日本後成為孩童啟蒙讀物。

　　相傳唐玄宗晚年，曾令宮中伶人唱曲。伶人唱了一曲李嶠的舊作〈汾陰行〉，其中幾句為：「山川滿目淚沾衣，富貴榮華能幾時？不見只今汾水上，唯有年年秋雁飛。」唐玄宗一聽，忍不住回首往事種種。曲罷，他竟潸然淚下，連連嘆道：「李嶠真才子也。」

姓名：李嶠
字：巨山
生年：645
卒年：714

❹ 小試牛刀

本詩突出了風（　　）的特點。
A.溫暖輕柔　　B.變幻莫測　　C.強大迅猛

❺ 「秋」字飛花令

空山新雨後，天氣晚來秋。──〔唐〕王維〈山居秋暝〉
窗含西嶺千秋雪，門泊東吳萬里船。──〔唐〕杜甫〈絕句四首〉（其三）

答案：B

秋天葉子脫落其實是樹木「丟車保帥」的手段。冬天，一些樹木要「冬眠」，樹葉將葉綠素、水、氮、磷等送回樹幹、樹根，自己就枯萎了。

風及風力等級

好奇放大鏡

　　如果不讀詩題，這個關於「風」的謎語你能猜出來嗎？風在日常生活中無處不在，看似無形，卻很有力量，能夠摧折樹木，掀起巨浪。那麼，風從哪裡來？人們該如何判定風力的大小呢？

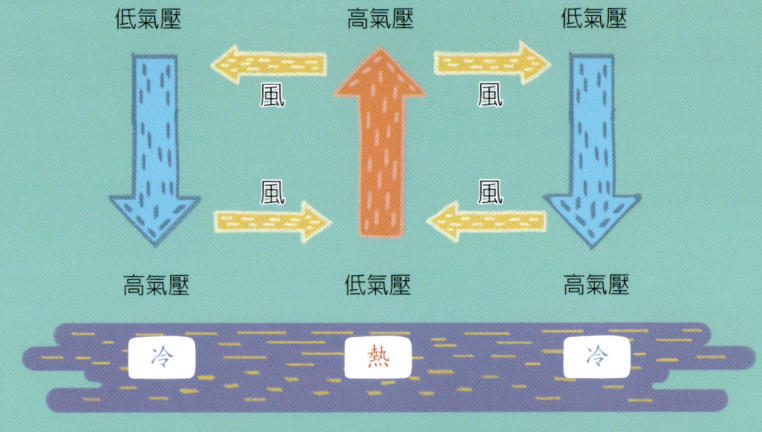

▲ 地面冷熱不均形成的空氣環流──熱力環流

❶ 風是空氣的水平運動

　　我們知道，地球上不同地方接收到的太陽輻射存在差異，因而不同地方的地面及低空的氣溫並不相同。氣溫高的地方空氣膨脹上升，氣溫低的地方空氣收縮下降，這就導致了同一水平面上的兩處氣壓存在差異。空氣自發地從高氣壓處流向低氣壓處，來填補低氣壓處的「空缺」，這就產生了風。

　　我們冬天圍坐火爐旁取暖時，會感受到身前溫暖無比、背後涼風陣陣。這是因為在火爐的作用下，身前空氣的溫度高於身後，所以身前的氣壓小於身後，因此熱空氣在火爐處膨脹、上升，在上空水平方向移動一段距離，而後在與周圍寒冷空氣的接觸中溫度逐漸降低，收縮下沉，最後從身後吹回。

2 衡量「多變」的風

　　風有大有小，差別極大。氣象學家主要根據風對地面或水面物體的影響程度來劃分風力等級。國際通用的風力等級劃分法多採用「蒲福風力等級」，把風力分為13個等級，最小是0級，最大為12級。中國人對於風的觀察與探測活動，最早可推至殷商時代。東漢時，張衡用銅烏測風。唐代，太史令李淳風在《乙巳占》中將風力分為8級。

▲ 0級煙柱直沖天

▲ 2級輕風吹臉面

▲ 4級枝搖飛紙片

▲ 6級舉傘步行艱

▲ 8級風吹樹枝斷

▲ 10級拔樹又倒屋

風與海浪的形成

　　海水會受風的作用和氣壓變化等影響，從而難以維持原有的平衡狀態，發生向上、向下、向前和向後的不同方向運動，於是便形成了海上的波浪。波浪起伏活動具有規律性、週期性。當波浪向岸邊奔湧時，由於海水越來越淺，下層水的上下運動受到了阻礙，受慣性作用，一浪疊一浪，越湧越多，導致一浪高過一浪。與此同時，隨著水漸漸變淺，下層水的運動受到的阻力越來越大，最後它的運動速度慢於上層水的運動速度，受慣性的影響，波浪最高處向前傾倒，拍打在礁石或海岸上，便會濺起朵朵浪花。

13

山行

〔唐〕杜牧

遠上寒山石徑斜，
白雲生處有人家。
停車坐愛楓林晚，
霜葉紅於二月花。

◎ 寒山：深秋時節的山。
◎ 坐：因為。

❶ 這首詩很好懂

我沿著蜿蜒（ㄨㄢ ㄧㄢˊ）曲折的石子小道上山，雲霧繚繞的深山裡住著幾戶人家。因為喜愛楓林的晚景而停下馬車細細觀賞，經歷過風霜的楓葉比二月的春花還要紅豔。

❷ 詩詞鑑賞課

本詩描寫了詩人在深秋的山林中遊覽時的所見所感，表達了對秋色的讚美。最後一句如神來之筆，寫出了秋天的楓葉比春天的花朵還要紅豔的絢麗景象，展現了詩人樂觀向上的精神。

3 詩詞故事：兩邊不討好的杜牧

杜牧是晚唐著名詩人。他出身顯赫，少年時是軍事「發燒友」，寫過多篇軍事策論。時值藩鎮割據，他向宰相李德裕獻計平虜，得到李德裕的賞識，後又以一篇〈阿（ㄜ）房宮賦〉，得以譽滿天下。

西元828年，杜牧進士及第，得以入仕。他因與「牛黨」領袖牛僧孺私交深厚，遭到「李黨」打壓。而杜牧兩邊都不想得罪的做法，恰恰把雙方都得罪了。這導致他不僅長期坐冷板凳，還被調離長安。輾（ㄓㄢˇ）轉十餘年後，杜牧再次回到長安。心灰意冷的他返回故居修整祖宅，終日在此以文會友。西元852年，杜牧病故。臨終前他搜羅生前詩文，篩選十之二三後，將餘者付之一炬。

4 小試牛刀

〈山行〉的作者是＿＿＿代詩人＿＿＿＿。這首詩描繪的是＿＿＿季的景色，詩中代表季節的詞語有＿＿＿＿、＿＿＿＿。

5 「楓」字飛花令

月落烏啼霜滿天，江楓漁火對愁眠。——〔唐〕張繼〈楓橋夜泊〉

潯（ㄒㄩㄣˊ）陽江頭夜送客，楓葉荻花秋瑟瑟。

——〔唐〕白居易〈琵琶行〉

姓名：杜牧
字：牧之
生年：803
卒年：852

深秋，天氣變冷，葉子的葉綠素被破壞，水分減少，不能及時「運輸」掉的澱粉變成葡萄糖，糖分逐漸轉化為花青素。由於花青素遇酸呈紅色，於是細胞液為酸性的楓葉、柿葉等，到了秋天都變成紅色的了。

參考答案：唐；杜牧；秋；寒山、霜葉

霜

好奇放大鏡

「停車坐愛楓林晚，霜葉紅於二月花。」經過風霜的楓葉竟能和春天的鮮花爭豔，怪不得杜牧會在此駐足觀望！秋霜就像是上天給楓葉的一場洗禮，讓楓葉更加秀美動人。那麼霜到底是什麼？它又是怎樣形成的？

1 霜的形成

霜是由空氣中的水蒸氣遇冷凝華在地面或物體表面的冰晶。所謂「凝華」，是指物質不經液態直接變為固態的現象。當水蒸氣接觸冰冷的地面或者物體表面時，因為其溫度比水蒸氣低，水蒸氣受冷，溫度降低至 0℃ 以下，霜就形成了。

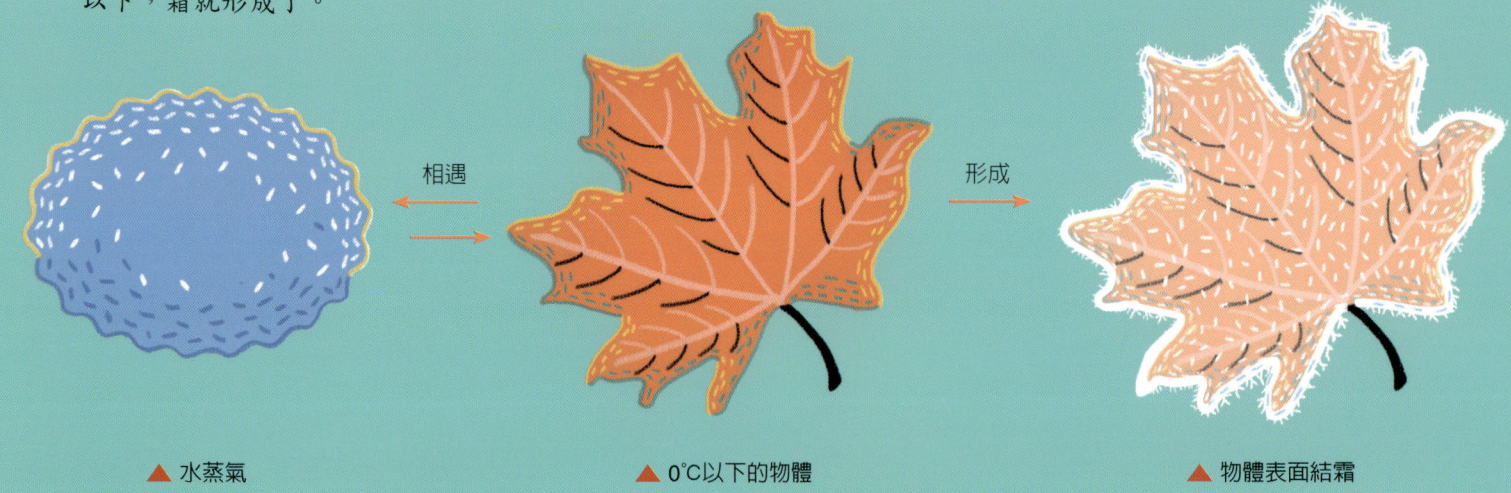

▲ 水蒸氣　　▲ 0℃以下的物體　　▲ 物體表面結霜

霜通常出現在微風、晴朗無雲的夜晚。農學專著《齊民要術》曾載：「天雨初晴，北風寒徹，是夜必霜。」這是因為這樣的天氣能提供結霜的良好溼度和溫度條件。凝華反應需要不斷消耗大氣中的水蒸氣，微風正可以帶走已經變得乾燥的空氣，再補充上溼潤的空氣。而倘若風速過大，空氣接觸物體表面的時間很短，就很難傳遞其中的水蒸氣。同時，夜晚的氣溫比白天低，更容易達到「氣溫低於0℃」的要求。倘若遇見無雲的晴朗天氣就最好不過了，厚厚的雲層會產生保溫作用，而無雲天氣正好適合霜的形成。

2 霜凍及其危害

　　入秋後氣溫連續下降，在農業生產中很容易發生霜凍現象。霜凍並不等同於結霜。霜凍是因為作物的溫度降至0℃以下，莖葉組織發生凍結，代謝過程被破壞。出現霜凍時不一定伴有白霜。不伴白霜的霜凍俗稱「黑霜」。

　　霜凍的危害常常是不可逆的。即使來年開春霜雪融化，植物細胞結構已經發生變化，不能再恢復原貌了。農業種植中，為防止霜凍發生，最常用也最簡單的方法就是為作物罩上塑膠大棚。塑膠薄膜具有良好的保溫性。當外界氣溫降低時，大棚內的溫度相對穩定，作物便可倖免於難。除此之外，大棚內的氣密性良好，乾燥的氣候條件下，能為作物留下較為充足的水分。

是「白雲」還是「濃霧」？

　　雲和霧的確是一對極為相似的「兄弟」，可二者究竟該如何區分呢？

　　空氣中的水蒸氣遇冷後凝結成的小水滴聚在一起，形成了雲和霧，在高處的叫雲，接近地面的叫霧。可以說，雲是高空的霧，霧是近地的雲。形成雲的基本條件與霧相同，所不同的是，形成雲要有空氣的上升運動及因上升運動而引起的溼空氣團的冷卻。

己亥(ㄏㄞˋ)雜詩(其一百二十五)

〔清〕龔(ㄍㄨㄥ)自珍

九(ㄐㄧㄡˇ)州(ㄓㄡ)生(ㄕㄥ)氣(ㄑㄧˋ)恃(ㄕˋ)風(ㄈㄥ)雷(ㄌㄟˊ),
萬(ㄨㄢˋ)馬(ㄇㄚˇ)齊(ㄑㄧˊ)暗(ㄢˋ)究(ㄐㄧㄡ)可(ㄎㄜˇ)哀(ㄞ)。
我(ㄨㄛˇ)勸(ㄑㄩㄢˋ)天(ㄊㄧㄢ)公(ㄍㄨㄥ)重(ㄔㄨㄥˊ)抖(ㄉㄡˇ)擻(ㄙㄡˇ),
不(ㄅㄨˋ)拘(ㄐㄩ)一(ㄧˋ)格(ㄍㄜˊ)降(ㄒㄧㄤˋ)人(ㄖㄣˊ)才(ㄘㄞˊ)。

◎ 生氣:活力,生命力。這裡指朝氣蓬勃的局面。

◎ 萬馬齊暗:所有的馬都沉寂無聲。比喻人們沉默不語,不敢發表意見。

❶ 這首詩很好懂

只有依靠風雷般迅猛的改革,國家才能重新展現生機與活力,但朝野死氣沉沉讓人痛心不已。我勸請上天重新振作精神,打破陳規,大膽選用人才。

❷ 詩詞鑑賞課

本詩表達作者對時局的不滿和對改革的熱烈期望。「萬馬齊暗」比喻朝政昏暗卻無人言說的壓抑局面,因此才需「風雷」激盪,才需「天公抖擻」、「不拘一格降人才」。全詩感情熱烈而奔放,表現出濃郁的憂國憂民情懷。

3 詩詞故事：龔自珍軼（一ˋ）事

龔自珍出身官宦（ㄏㄨㄢˋ）世家，但為人狂放不羈（ㄐㄧ），我行我素。因為字寫得太醜，再加上平日得罪的人多，龔自珍屢次應試落第。

三十八歲那年，龔自珍參加第六次會試。閱卷時，考官王植看見有份卷子很獨特，趕忙告知同僚（ㄌㄧㄠˊ）溫平叔。溫平叔一看便說：「如果這份是浙江的考卷，那必定是龔自珍的。這個人平素愛罵人，卷子在你手裡，如果不推薦上去，將來恐怕要被他罵！」

後來，王植錄取了龔自珍。按照當時的習俗，王植即為龔自珍的房師。到了放榜那天，有人問龔自珍：「你的房師是誰？」龔自珍笑道：「稀奇稀奇，是個叫王植的無名小輩！」

王植得知此事，哭笑不得。

姓名：龔自珍
字：璱人
生年：1792
卒年：1841

4 小試牛刀

這首詩中包含了兩個成語，它們是 _____、_____ 。

5 「九州」飛花令

死去元知萬事空，但悲不見九州同。——〔宋〕陸游〈示兒〉
山勢雄三輔，關門扼九州。
　　——〔唐〕崔顥（ㄏㄠˋ）〈題潼（ㄊㄨㄥˊ）關樓〉

參考答案：
萬馬齊喑、不拘一格

「九州」的說法起於春秋戰國時代。西漢以前，人們認為九州是大禹治水後所劃分的。後來，「九州」被人們用作中國的代稱。

雷電

好奇放大鏡

迅猛激盪的雷鳴，還有一個孿（ㄌㄨㄢˊ）生兄弟——閃電，二者合稱「雷電」。雷電是如何產生的？避雷針為什麼能防止雷擊？

❶ 雷電的形成

雷電是自然界中一種大規模的火花放電現象。當天空中形成積雨雲時，氣流運動十分劇烈，雲中的水滴或冰晶不斷相互碰撞，使雲不斷地分裂或合併，帶上了電荷。電荷有正電荷、負電荷兩種。在兩塊帶有大量的相反電荷的雲之間，或帶電荷的雲與大地之間，會形成很強的電場，雲塊之間或雲與大地之間的距離越近，電場就越強。當電場產生的高電壓把大氣層擊穿時，兩朵雲之間或雲團與大地之間就會產生激烈的放電現象。明亮的電火花劃破長空，這便是閃電。

① 在積雨雲中，一粒粒凍結的水滴四處遊走，彼此碰撞，積蓄電荷。

② 重量較輕、帶正電荷的水滴堆積在雲層上方。

③ 較重、帶負電荷的水滴聚集在雲層底部。

④ 當雲中的負電荷與來自樹梢等物體的正電荷相連接時，雷電便產生了。

在閃電形成時，極強的電流會瞬間將周圍的溫度提升至2000℃左右。在如此的高溫下，空氣在極短時間內劇烈膨脹，產生震盪。氣流震盪時產生的巨大響聲，就是雷聲。

❷ 雷電是個「冷面殺手」

　　生活中，雷電是個不折不扣的「冷面殺手」。高達十億伏特的雷擊可致人傷亡，還會干擾通信網路、破壞建築物等。雷電因此成為聯合國認定的最嚴重的十種自然災害之一。

　　生活中遇到雷電天氣在所難免，在雷電天氣來臨時，我們需要做好防護措施。雷電天氣常伴有大雨，此時切不可站在樹下避雨。至於近年來流傳甚廣的「手機引雷」的說法，只是個謠言，使用手機並不會提高雷擊機率。

閃電和雷聲的出場順序

　　閃電和雷聲幾乎同時產生，但我們卻先看到閃電，後聽到雷聲。這是為什麼呢？

　　這是因為閃電是以光的形式傳播的，雷聲是以聲波的形式傳播的。光波的傳播速度比聲波的快。因此，我們自然是「未聞其聲，先見其形」。

閃電（光速）

雷聲（音速）

▲ 閃電與雷聲速度示意圖

「避」雷針原來是「引」雷針

　　在高大建築物的頂部，我們常常可以看見一根豎立的細長金屬杆，這就是避雷針。在雷雨天來臨時，這根細細的杆子能幫助建築避免雷擊。這是如何做到的呢？科學家發現，在一個帶電物體上，尖銳處總是能夠集中吸引比其他部位更多的電荷。在雷雨天中，避雷針頂部帶有大量電荷，其與雲層間的大氣極容易被擊穿，成為導體。帶電雲層與避雷針之間形成通路，而避雷針又有裝置與大地相連，這樣避雷針就可以將雲層中的電荷引入大地，從而避免對高大建築物造成危害。

　　如此說來，避雷針非但沒有躲避閃電，反而是在「引誘」閃電劈向自己？從原理上講，的確如此。正因這樣，也曾有人提出用「引雷針」之名代替「避雷針」。

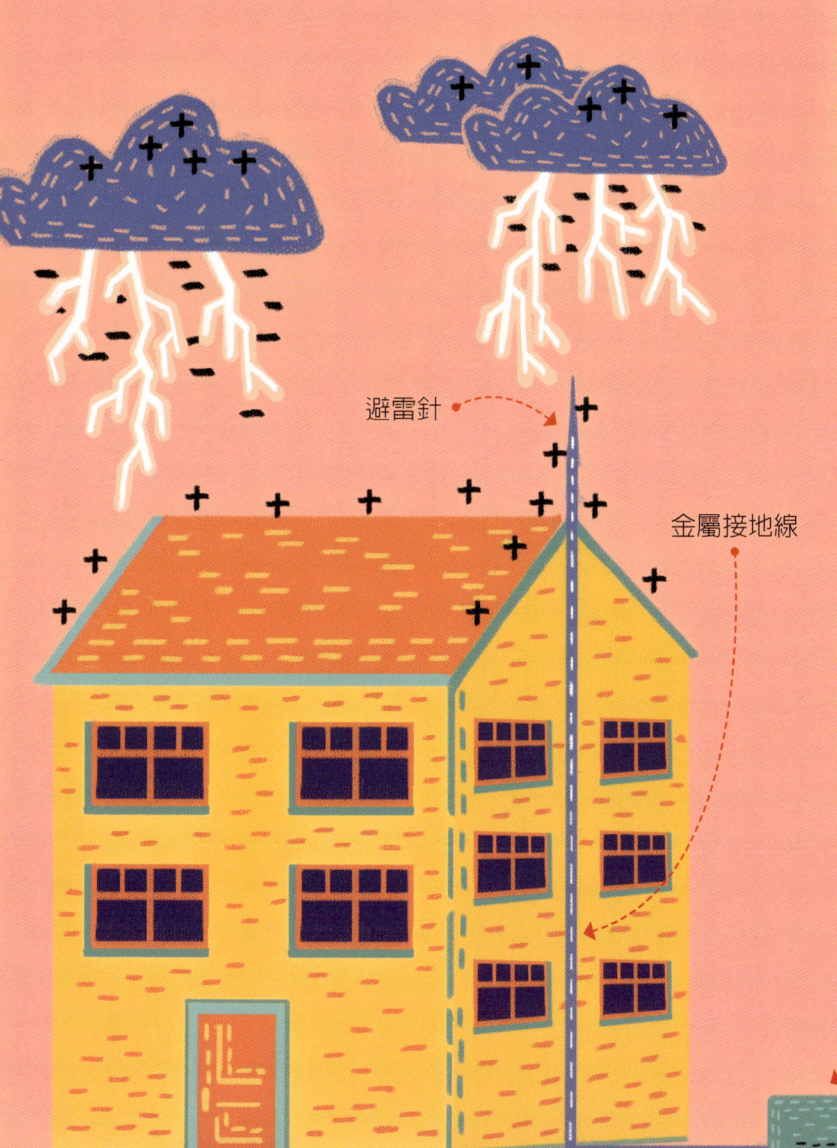

避雷針

金屬接地線

金屬接地棒

21

竹枝詞二首（其一）

〔唐〕劉禹錫

楊柳青青江水平，
聞郎江上唱歌聲。
東邊日出西邊雨，
道是無晴卻有晴。

◎ 竹枝詞：樂府曲名。
◎ 道：說。

❸ 詩詞故事：劉禹錫與竹枝詞

　　劉禹錫是中唐時期的詩人。他因為積極推行改革，觸怒了當朝保守派，數次被貶謫（ㄅㄧㄢˇㄔㄨˋ）至南方。西元821年，劉禹錫出任夔（ㄎㄨㄟˊ）州刺史，見當地人以鼓和短笛伴奏，演唱一種名叫「竹枝詞」的民歌。民歌內容多為山水風俗，風格清新，詞意生動流暢，具有濃郁的地域特色。劉禹錫對此頗為痴迷。為此，他深入當地百姓中，搜集各式各樣的民歌，改作新詞，歌詠巴渝風光和男女戀情。經過劉禹錫的整理與創新，竹枝詞漸漸盛行，後世傳唱不衰。

1 這首詩很好懂

楊柳翠綠，江水平靜，忽然聽到江上傳來男子的歌聲。就像東邊出著太陽，西邊卻下著雨，說它（他）沒有晴（情）吧，它（他）又有晴（情）。

2 詩詞鑑賞課

首句既是起興，也是為下文襯景。在這秀美的環境中，少女聽到情郎的歌聲，心緒如何，作者沒有明寫，卻插入江南多變的天氣作隱語，以「晴」指「情」，含蓄地表現出少女在猜疑中由迷茫到喜悅的心理變化。

古人有「折柳送別」的傳統，因為「柳」與「留」諧音，所以古人藉送柳枝來表達挽留之意和不捨之情。

4 小試牛刀

下列詞中的「道」與「道是無晴卻有晴」中的「道」意思相同的一項是（　　）。
A.志同道合　　B.尊師重道　　C.一語道破

5 「柳」字飛花令

今宵酒醒何處，楊柳岸，曉風殘月。
　　　　——〔宋〕柳永〈雨霖鈴・寒蟬淒切〉
渭（ㄨㄟˋ）城朝雨浥（一ˋ）輕塵，客舍青青柳色新。
　　　　——〔唐〕杜甫〈送元二使安西〉

雲

好奇放大鏡

「東邊日出西邊雨」，這種奇怪的天氣現象其實是由積雨雲所致。那麼，雲是怎樣形成的？都有哪些分類？雲又是如何形成雨的呢？

❶ 雲的形成與分類

雲是怎樣形成的呢？這要從太陽輻射說起。

太陽光照在地球表面，地球表面的水蒸發，富含水氣的空氣受熱膨脹上升。隨著海拔越來越高，氣溫越來越低，空氣容納水氣的能力就越來越弱。到了一定的高度，空氣中多餘的水氣就會不斷析出。析出的水氣附著在空氣中的塵埃上，形成小水滴或者小冰晶。這些小水滴和小冰晶在大氣中碰撞併合，不斷聚集起來，就形成了雲。當雲中的小水滴大到大氣也無法承托的時候，就會形成降水。

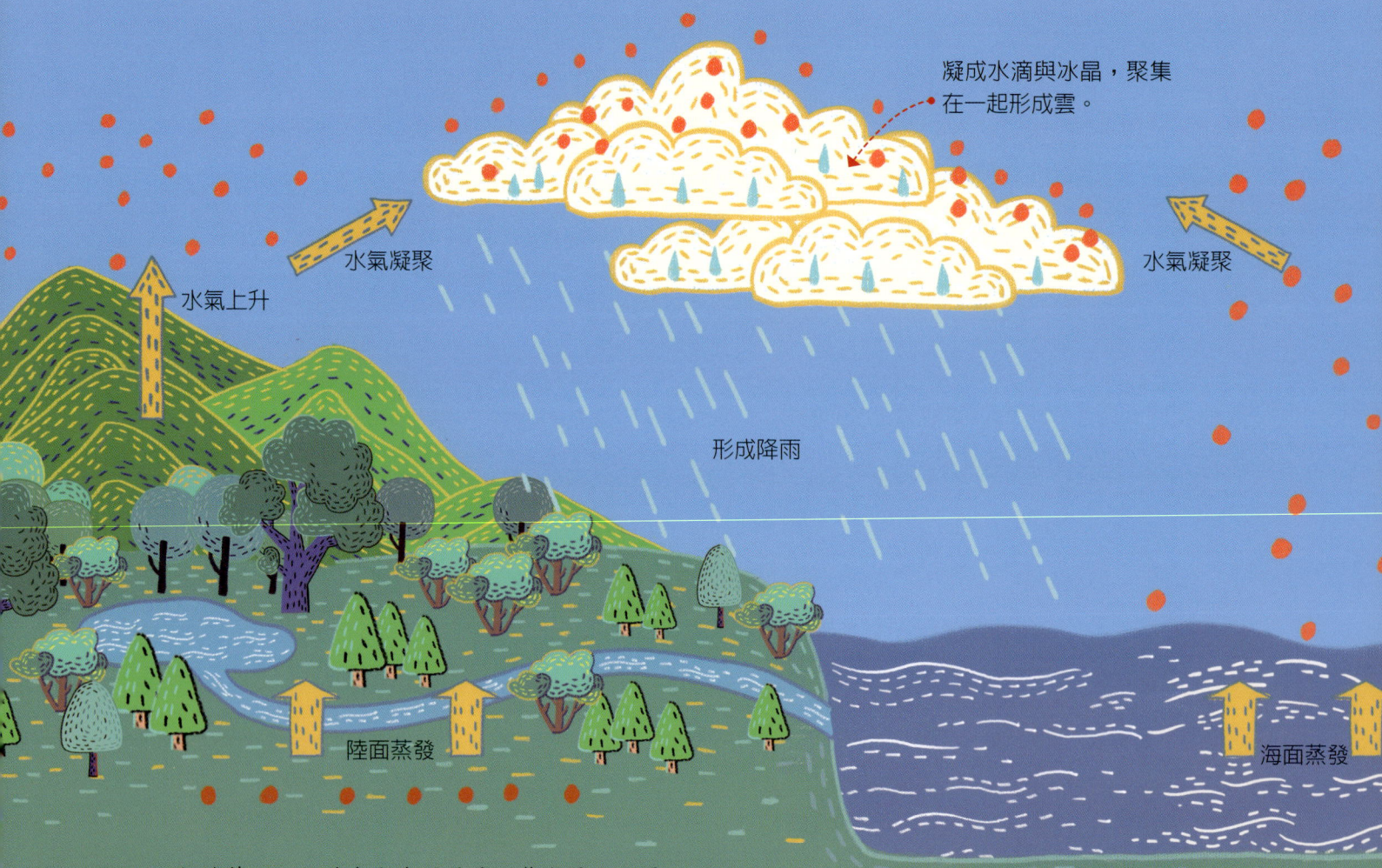

仰望藍天，飄浮在空中的雲朵形態各異，位置也有高有低。事實上，處於不同高度的雲，形狀、形成原因和帶來的降水各不相同。因此，世界氣象組織將雲按照其所在高度，從高到低劃分為高雲、中雲、低雲三個雲族。

這三個雲族中，低雲的高度一般在2500公尺以下，有層雲和層積雲、雨層雲；中雲的高度一般為2500公尺～5000公尺，由高層雲、高積雲組成；高雲的高度通常在5000公尺以上，主要是卷雲、卷層雲和卷積雲。大多數低雲都伴隨著降雨、降雪，中雲族的高層雲常伴雨、雪，高雲一般不會產生降水。

❷「瘦瘦高高」的積雨雲

　　積雨雲常出現在夏季。此時氣溫較高，大氣中的水蒸氣分子「精力旺盛」，在垂直方向上運動劇烈，讓雲頂「衝」得很高，這就塑造了積雨雲「瘦瘦高高」的形象──底部平坦，上部突起，水平寬度小於垂直高度。積雨雲「管轄」的雨區很小，所以會形成「東邊日出西邊雨」的景象。

　　積雨雲總是伴隨著大風、暴雨、閃電、冰雹等天氣，這對飛行在積雨雲內或附近的飛機來說，是很大的威脅。所以，飛機在飛行的時候一般都會繞開積雨雲。

雨滴是什麼形狀的？

　　提起雨滴，我們首先想到的就是上尖下圓，形似垂露的模樣。其實，雨滴具有很強的變形能力，形狀會隨著降落過程中風速、風向等因素發生改變。由於雨滴中的水分子存在相互吸引力，在無風或風速很小時，雨滴在降落過程中會把自己「蜷（ㄑㄩㄢˊ）縮」成一個近乎標準的球體。倘若受到風力或其他外力的影響，雨滴的迎風面會被風力「擠壓」成扁平的形狀。若雨滴在降落過程中相互碰撞而結合在一起，體積越來越大，那麼在降落中受到的阻力也越大，形狀也就更多種多樣了。

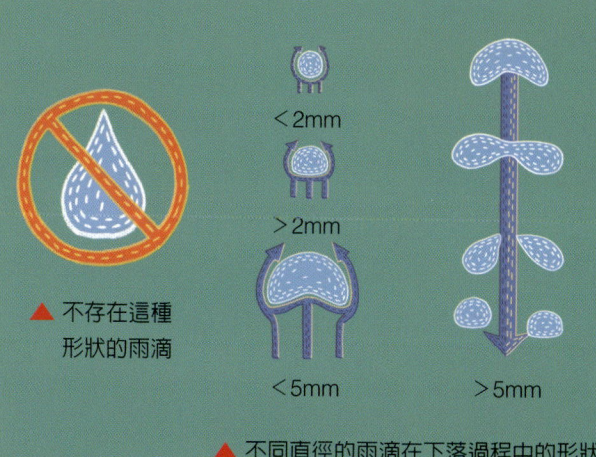

▲ 不存在這種形狀的雨滴

▲ 不同直徑的雨滴在下落過程中的形狀

夜雨寄北

〔唐〕李商隱

君問歸期未有期，
巴山夜雨漲秋池。
何當共剪西窗燭，
卻話巴山夜雨時。

◎ 巴山：泛指巴蜀之地。
◎ 卻：再。

1 這首詩很好懂

你問我何時回家，可我歸期難定。今晚巴山下著大雨，雨水已漲滿秋天的池塘。我何時才能回到家鄉，與你同坐西窗共剪燭花。到那時，我再告訴你今宵巴山夜雨中的思念之情。

2 詩詞鑑賞課

夜雨讓遊子纏綿悱惻，「漲秋池」的何止是漸瀝的秋雨，更是詩人深切的思念。本詩「巴山夜雨」前後兩次出現，前一次是詩人對眼前情景的愁思，後一次是他日對此情此景的回味。前後呼應，聲韻和諧，迴腸蕩氣。

❸ 詩詞故事：「獺（ㄊㄚˋ）祭魚」李商隱

　　李商隱是晚唐著名詩人，少年時就被牛黨領袖令狐楚賞識，入仕後因捲入「牛李黨爭」而困頓一生。拋卻政治上的失意，李商隱在詩歌領域的成就卻十分輝煌。他的詩作構思精巧，風格綺麗，其中不乏纏綿悱惻、隱晦迷離的經典名篇，字裡行間盡現朦朧之美。

　　李商隱寫詩尤好用典。他作詩前喜歡在書案上擺滿古籍，時時檢索。而水獺吃魚前，也喜歡將魚依次擺放在水邊，如同人們祭祀一般。因此，後人送給李商隱一個「獺祭魚」的綽號。

姓名：李商隱
字：義山
生年：813
卒年：858

蠟燭在燃燒時燭芯會出現冒黑煙、燭火跳動等情況，所以必須不時地用剪刀將殘留的燭芯末端剪掉。

❹ 小試牛刀

李商隱和（　　）一起被稱為「小李杜」。
A.杜甫　　B.杜牧　　C.杜康

❺ 「燭」字飛花令

今夕復何夕，共此燈燭光。——〔唐〕杜甫〈贈衛八處士〉
銀燭秋光冷畫屏，輕羅小扇撲流螢。——〔唐〕杜牧〈秋夕〉

答案參考：B

成因不同的雨

好奇放大鏡

巴蜀之地多夜雨。那綿綿不絕的雨漲滿了池塘，讓盼望歸家的詩人惆悵不已。這「巴山夜雨」，既和四川盆地的地形有關，又和滯留鋒的影響有關。降雨的原因不同，類型多樣。根據不同成因，人們將降雨劃分為對流雨、地形雨、鋒面雨和颱風雨。

1 對流雨

對流雨是因地面溫度較高，地面溼熱空氣受熱迅速膨脹上升，形成強烈的空氣對流，上升氣流中的水氣在高空遇冷凝結，形成降水。

對流雨是熱帶雨林氣候區的主要降雨類型。對流雨的特點是範圍小、強度大、分布不均勻、持續時間短、隨著時間變化迅速，常伴有雷電。

冷卻凝結形成降雨

空氣受熱上升　　　　　　　　　　　空氣受熱上升

2 地形雨

地形雨是暖溼氣流遇到高山阻擋被迫緩慢上升，冷卻凝結形成的降水。降水的山坡是迎風的一面，稱為迎風坡。當氣流翻過山峰到達背風坡，空氣中的水氣明顯減少，加上氣流在順著山坡向下移動的過程中溫度不斷升高，因而很難再次形成降水。

形成降水

乾冷氣流

迎風坡　　背風坡

暖溼空氣上升

③ 鋒面雨

鋒面雨是由鋒面活動引起的降雨。在鋒面活動中，較輕的暖溼空氣被抬升到重而乾的冷空氣上面，空氣中水氣遇冷凝結，形成降雨。我們熟悉的梅雨就是典型的鋒面雨。鋒面雨一般降水範圍較大，隨著鋒面位置的移動，降水帶的位置也會發生變化。另外，鋒面雨的持續時間比較長，短則幾天，長則半月以上。

▲ 鋒面雨示意圖

④ 颱風雨

颱風雨在熱帶海洋上或者沿海地帶比較常見。颱風不光引起強烈的大風，也時常伴隨著大雨乃至暴雨。熱帶海洋上熱量充足、水分充沛，所以颱風本身就攜帶著來自海洋的大量水氣。加上颱風的中心氣壓較外部更低，因而周圍的空氣都會旋轉著向颱風的中心──颱風眼靠近。到達颱風眼的氣流會強烈上升，在上升過程中迅速冷卻，形成降雨。東亞沿海一帶，北美洲東南部為颱風常發生地區，夏季經常遭遇颱風雨。颱風雨不僅降雨強度大，還常伴有雷電、大風。

▲ 颱風雨示意圖

雨聲何以聲聲入耳？

這淅淅瀝瀝的雨聲，是怎麼傳入我們的耳朵，被我們聽見的呢？這就涉及人感知聲音的基本過程。外界傳來的聲音引起我們耳朵裡的鼓膜振動，這種振動經過聽小骨及其他組織傳給聽覺神經，聽覺神經把信號傳給大腦，這樣人就聽到了聲音。需要注意的是，聲音只能在介質中傳播。我們身邊的固體、液體、氣體都可以傳播聲音。聲音在固體中傳播速度最快，在氣體中最慢。在太空中聽不見聲音，則是因為太空中沒有空氣，缺少傳播聲音的介質。

江雪

〔唐〕柳宗元

千山鳥飛絕，
萬徑人蹤滅。
孤舟蓑笠翁，
獨釣寒江雪。

◎ 絕：消失，沒有。
◎ 人蹤：人的蹤跡。

❶ 這首詩很好懂

千山萬嶺之中，一隻飛鳥也沒有；千萬條道路上，一個人也看不見。唯有身穿蓑衣、頭戴斗笠的漁翁，坐在一艘小船上，在這下雪天，獨自垂釣於寒江之上。

❷ 詩詞鑑賞課

這首詩用誇張的寫作手法，描繪了一幅寒江獨釣圖。表面是寫景，實則想描繪漁翁的精神世界，藉以表達詩人在遭遇打擊後不屈又孤寂的情緒。

3 詩詞故事：柳宗元與永州

柳宗元是唐朝中後期著名詩人、散文家，因其出身河東郡望族，人稱「柳河東」。

柳宗元二十一歲時進士及第，涉足官場十餘年，因不滿於體制腐敗而萌生了改革的意圖。西元805年，唐順宗重用倡導改革的王叔文等人，發起了「永貞革新」。柳宗元積極回應，但改革遭遇失敗。柳宗元因此被貶為永州司馬。

在永州的十年時間裡，柳宗元深入民間，將底層百姓的疾苦載入文字，完成了以〈捕蛇者說〉為代表的諸多紀實性作品。與此同時，柳宗元還寄情山水，撰寫了著名的〈永州八記〉，確立了山水遊記題材在中國文學史上的重要地位。

姓名：柳宗元
字：子厚
生年：773
卒年：819

蓑衣多用蓑草或棕片縫製，棕鬚朝下相垂，片面朝裡相壓，呈展翅燕形。蓑衣不僅能防雨，還能在背負重物時作墊背之用。

4 小試牛刀

下列對〈江雪〉中「漁翁」形象描述不當的一項是（　　）。
A.孤獨　　B.頑強　　C.傲慢

答案參考：C

5 「蓑笠」飛花令

江湖來夢寐，蓑笠負平生。——〔宋〕蘇軾〈次韻奉和錢穆父蔣潁（一ㄥˇ）叔王仲至詩四首（其四）〉

一波才動萬波隨，蓑笠一鉤絲。
　　　　　——〔宋〕黃庭堅〈訴衷情·一波才動萬波隨〉

雪

好奇放大鏡

雪為漫長寂寞的冬日生活增添了意趣。那麼雪是怎樣形成的？雪在我們的生活中又有哪些作用？

❶ 雪的形成

我們知道雲是由許許多多小水滴和小冰晶組成的。雲中的小冰晶在相互碰撞中雖然會有所融化，但也會相互黏合，重新組合在一起。如此反覆，冰晶便增大了。另外，雲內也有水氣，所以冰晶也能靠凝華不斷增大。當冰晶越來越大，大到空氣無法托住時，就會化作雪花，紛紛揚揚地飄下。

要形成降雪，除了氣溫夠低，還需具備兩個條件。一是水蒸氣必須達到「飽和水氣量」，即達到當前溫度下空氣能容納的水蒸氣的極限量。二是「雪花有核心」。雪花的凝結核通常有煤粒、灰塵、礦物質等各種小微粒。

《韓詩外傳》云：「凡草木花多五出，雪花獨六出。」花瓣叫「出」，雪花多呈六角形，因而稱其為「六出」。

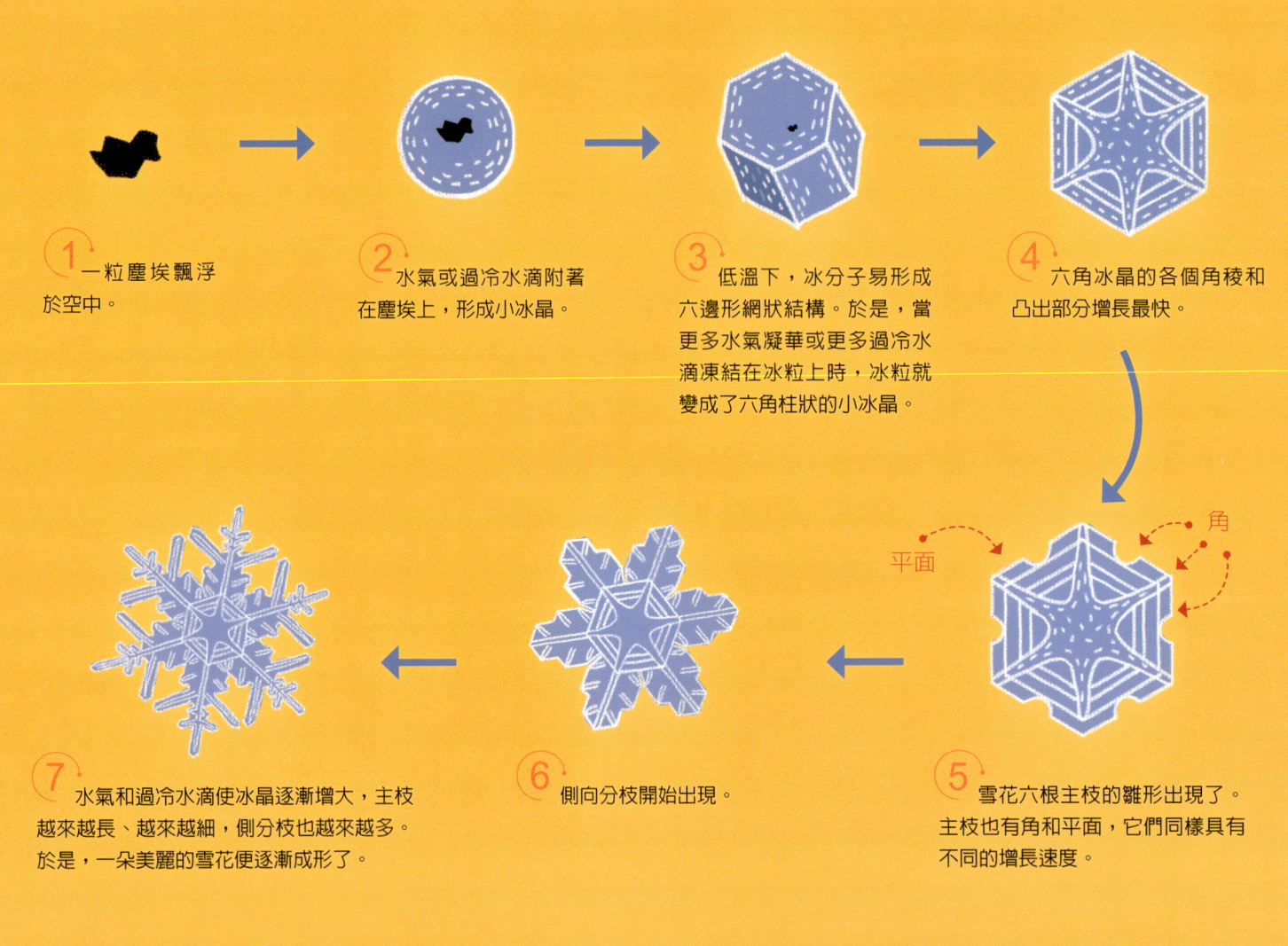

① 一粒塵埃飄浮於空中。

② 水氣或過冷水滴附著在塵埃上，形成小冰晶。

③ 低溫下，冰分子易形成六邊形網狀結構。於是，當更多水氣凝華或更多過冷水滴凍結在冰粒上時，冰粒就變成了六角柱狀的小冰晶。

④ 六角冰晶的各個角稜和凸出部分增長最快。

⑤ 雪花六根主枝的雛形出現了。主枝也有角和平面，它們同樣具有不同的增長速度。

⑥ 側向分枝開始出現。

⑦ 水氣和過冷水滴使冰晶逐漸增大，主枝越來越長、越來越細，側分枝也越來越多。於是，一朵美麗的雪花便逐漸成形了。

▲ 雪花形成過程

2 積雪的作用

俗語說：「瑞雪兆豐年。」冬季裡的一場大雪，常常預兆著來年有好收成。在積雪的阻隔下，肆虐的寒氣不會直接侵入土壤，土壤的熱量得以保存。

開春時節，融化的積雪還可以為作物提供必需的水分。而且，和當季的雨水相比，雪水含有更多的作物生長所必需的氮、硫、碳等元素，從而充當了作物的補給「養分」。

積雪是作物的保溫層，可對於生活在土壤和作物表面的部分害蟲來說，牠們的抗寒能力比不上作物，部分害蟲和蟲卵會被積雪消滅。這樣一來，積雪便充當了作物「殺蟲劑」的角色。

積雪還可以建房子。生活在北極地區的因紐特人就將積雪作為建築材料。用雪建造的屋子，真的能暖和嗎？其實雪屋抗風能力一流。積雪間緊實的連結使屋外呼嘯的冷風根本無法吹進屋內。同時，在雪屋內還可以生火，而不用擔心屋子融化。這是因為，剛開始被融化的積雪會在短時間內再次凍結，形成一層冰殼。有了它的保護，冰殼下的積雪就難以融化了。

一場大雪過後，世界為什麼變得靜悄悄的？

大雪過後，被厚厚積雪覆蓋的世界突然間萬籟俱寂。這是為什麼呢？一方面是由於天氣寒冷，人們減少了外出活動，從而減少了噪音來源；另一方面，剛剛形成的積雪表面層呈現鬆散、多孔的結構，聲波射入後會在裡面多次反射，僅有少部分聲波能通過入口反射出去，大部分聲波都被吸收掉了。

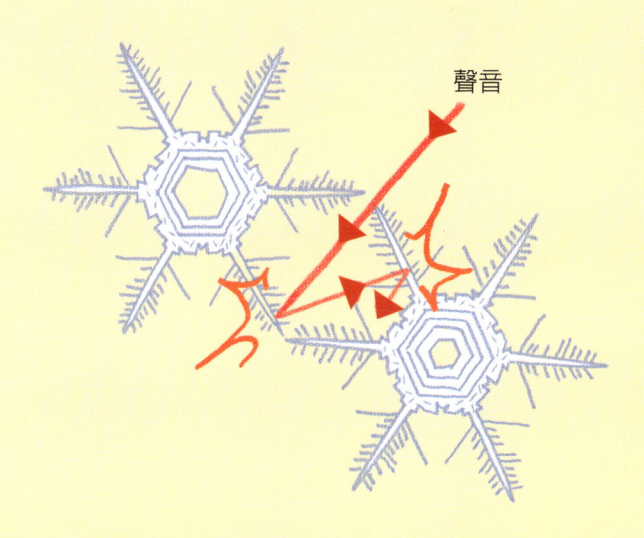

聲音

33

秋懷

〔宋〕陸游

園丁傍架摘黃瓜，
村女沿籬採碧花。
城市尚餘三伏熱，
秋光先到野人家。

◎ 傍：靠近、倚靠。
◎ 野人家：野外村民家。

❶ 這首詩很好懂

菜園中的男子正在黃瓜架旁摘又大又綠的黃瓜，村中的姑娘正沿著菜園四周的籬笆採摘鮮豔的花。城市中三伏天的餘熱尚未消散，秋天已率先到達村野人家。

❷ 詩詞鑑賞課

本詩用簡潔樸素的語言，寥寥幾筆便勾勒出一幅清新淡雅的圖畫，展現出鄉村初秋的日常圖景，生活氣息濃郁。

❸ 詩詞故事：陸游的「書巢」

陸游是南宋詩人，他精通詩詞、散文創作，曾自稱「六十年間萬首詩」，目前存世有九千三百餘首。著述頗豐的陸游，長期保持著閱讀習慣，晚年仍勤讀不輟。他曾將自己的居室命名為「書巢」。朋友不解，陸游笑道：「這室內到處都是書，有的堆在書櫥上，有的鋪在床上，有的被我當成枕頭……放眼望去，這簡直就是用書堆成的巢窩。」朋友進屋後發現果然如此，對其欽佩不已。

| 姓名：陸游 |
| 字：務觀 |
| 生年：1125 |
| 卒年：1210 |

❹ 小試牛刀

三伏天是一年中氣溫最高的日子，它位於哪兩個節氣之間？（　　）
A. 小暑和大暑
B. 小暑和處暑
C. 大暑和處暑

黃瓜，古稱胡瓜，原產喜馬拉雅山南麓，約在六世紀前從西域傳入中國。

❺ 「黃瓜」飛花令

白苣黃瓜上市稀，盤中頓覺有光輝。——〔宋〕陸游〈種菜〉
紫李黃瓜村路香，烏紗白葛道衣涼。——〔宋〕蘇軾〈病中遊祖塔院〉

參考答案：B

熱島效應

好奇放大鏡

「城市尚餘三伏熱，秋光先到野人家。」真是奇怪，城市仍是三伏酷暑，農村卻已先入了秋。季節變化的「延遲性」在現代社會生活中常有發生，但卻少有人探究其背後暗藏的原理。這其實和「熱島效應」密切相關。

1 逐漸升溫的大城市

熱島效應就是城市氣溫明顯高於郊區的現象。城市就是這個「熱島」。

伴隨著城市經濟的發展，柏油馬路逐步替代傳統泥地，為我們帶來方便的同時，道路硬化也使得地面蓄水能力減弱，水蒸氣更易蒸發，對氣溫的調節能力也大幅減弱。同時，城市中汽車排放的廢氣、工廠煙囪噴出的濃煙等都會產生大量二氧化碳、一氧化碳等溫室氣體。它們是吸收地面輻射的「好手」，會進一步導致大氣的升溫。此外，大城市的建築常常排列密集，通風不暢，使得熱量難以散失。城市綠地和水體的減少，也使得城市難以透過植物的蒸散作用和水氣蒸發來散熱。

氣流由郊區流向市區

郊區

市區

2 城市與「垃圾收集站」

熱島效應不光帶來城市和郊區的氣溫差異，也會影響氣流的循環。城市氣溫較高，因此氣壓較低，空氣膨脹上升至高空。郊區氣溫較低，空氣都呈收縮下沉趨勢。所以氣流在城市和郊區間形成循環，氣流在城市上空上升，在高空向四周的郊區流動後，在郊區上空下沉。由於郊區氣壓高，城市氣壓低，氣流在低空又會從郊區流向城市。

如此，四面八方的低空氣流都向城市湧來，來自四面八方的廢氣、空氣中的粉塵和細小顆粒也都隨著下沉氣流來城市「集合」，加上城市本身製造的汙染物，城市便這樣逐步成為「垃圾收集站」，空氣品質變得更糟糕。

3 遏制氣候變暖，刻不容緩

熱島效應已經影響了我們生活的各方面。因此，改善熱島效應勢在必行。

市區氣溫高，氣壓低

　　首先，在城市中多種植花草樹木，不斷增大城市綠化面積。其作用是利用植物的光合作用，吸收城市中過多的二氧化碳，釋放出氧氣，從而調節城市氣溫。

　　其次，許多現代城市都引入「溼地公園」的建設。相比於硬的地面，溼地、湖泊、水塘的蓄熱能力更強，使氣溫的變化不會過於劇烈。

　　人口也是城市產生熱島效應的重要原因。在城市化過程中，必須控制城市居住人口的數量。同時，居住在城市的人們，出行時多選擇大眾運輸工具，家中電器最好選用有節能標章的電器。

氣流由郊區流向市區

郊區氣溫低，氣壓高

郊區

三伏天為什麼那麼熱？

　　三伏是初伏、中伏、末伏的統稱。初伏在夏至後十天。每到夏至，太陽直射北回歸線，是北半球一年中太陽輻射最強的一天，自此之後地面吸收的熱量一天天累積，到了三伏天，正好上升到頂峰，氣溫自然特別高。

　　除了太陽輻射的影響，夏季受副熱帶高壓的控制，天氣晴朗無雲，更加有利於陽光穿透大氣層來到地面，進一步使大氣增溫。

　　就這樣，在多種因素的影響下，三伏天成為一年中最炎熱的時段。

涼州詞二首（其一）

〔唐〕王之渙

黃河遠上白雲間，
一片孤城萬仞山。
羌笛何須怨楊柳，
春風不度玉門關。

◎ 仞：古代的長度單位，七尺或八尺為一仞。

1 這首詩很好懂

黃河彷彿來自遙遠的雲端，玉門關孤獨聳立在萬仞高山之間。何必用羌笛吹奏哀怨的〈折楊柳〉，春風從來沒有吹到過玉門關啊！

2 詩詞鑑賞課

這是一首邊塞詩。首句以一種特殊的視角描繪了遠眺黃河的感受，顯出闊大浪漫之境。次句以群山襯士兵孤城，蒼涼而荒寒。後兩句自然引出羌笛之聲，表現出邊塞士兵的哀愁，但因為有了曠遠廣漠的邊塞風光的映襯，詩境悲涼而慷慨，壯而不哀。

3 詩詞故事：邊塞詩人王之渙

王之渙是盛唐時期的詩人。他出身名門望族，自幼聰穎好學，少年時仗劍遊歷，後以寫邊塞風光而廣為人知，坊間樂工以能傳唱他的詩為榮。

承襲祖上餘蔭，王之渙做過基層小吏，卻不到一年便遭人誹謗，他憤而辭官，在家中賦閒十五年，其間研習詩作，成就斐然，與高適、王昌齡互作酬和。

終其一生，王之渙都未能親臨西北邊陲，卻創作出〈涼州詞〉這樣聞名於世的邊塞詩作，成為唐代邊塞詩人的代表人物。

羌笛是羌族古老的吹管樂器。羌笛歷史悠久，漢代時已流行於四川、甘肅等地。早期的羌笛有四孔，西漢音樂家京房在它後面加了一個高音孔，成為五孔。後來，人們又將其增加到七孔（六個音孔，一個吹孔）。

④ 小試牛刀

某出版社準備出版一套古代文學作品選，可以收錄本作品的一書是（　）。
A.《遊子詩吟》　　B.《唐音慷慨》　　C.《詩餘小箋》

⑤ 「羌笛」飛花令

羌笛一聲愁絕，月徘徊。
　　　　　　——〔唐〕溫庭筠〈定西番·漢使昔年離別〉
更吹羌笛關山月，無那金閨萬里愁。
　　　　　　——〔唐〕王昌齡〈從軍行七首（其一）〉

參考答案：B

中國的季風氣候

好奇放大鏡

「春風不度玉門關。」玉門關恰好處於非季風區內，因此暖溼氣流也就無法抵達此處。這和中國的季風氣候有關。季風氣候是什麼？它又是如何形成的呢？

❶ 一年兩變的季風氣候

季風氣候是中國東部和中部地區十分顯著的一種氣候類型。在季風氣候區中，隨著季節變化，盛行的風向也會發生變化。

從地理位置上看，中國處於世界上最大的大陸——歐亞大陸的東部、世界上最大的大洋——太平洋的西岸。所以，中國的氣候同時具有大陸氣候和海洋氣候的特點：夏季受海洋風的支配，潮溼多雨；冬季受大陸風的支配，乾旱少雨。

夏季，由於海陸熱力性質差異，大陸升溫快，海洋升溫慢，中國的大陸地區形成熱低壓，海洋地區形成冷高壓。氣流從高壓區域流向低壓區域，形成對中國夏季氣候行使「決定權」的東南季風和西南季風。它們從沿海吹向內陸，分別帶來太平洋和印度洋的豐沛水氣。加上中國地形西高東低，東部大多是平坦的平原和低矮的丘陵，季風可長驅直入。可是，西南季風在行進過程中受到高大巍峨的青藏高原的阻隔，「折兵損將」，即使能從側方繞行，影響範圍也十分有限，因此西部地區降水較少。

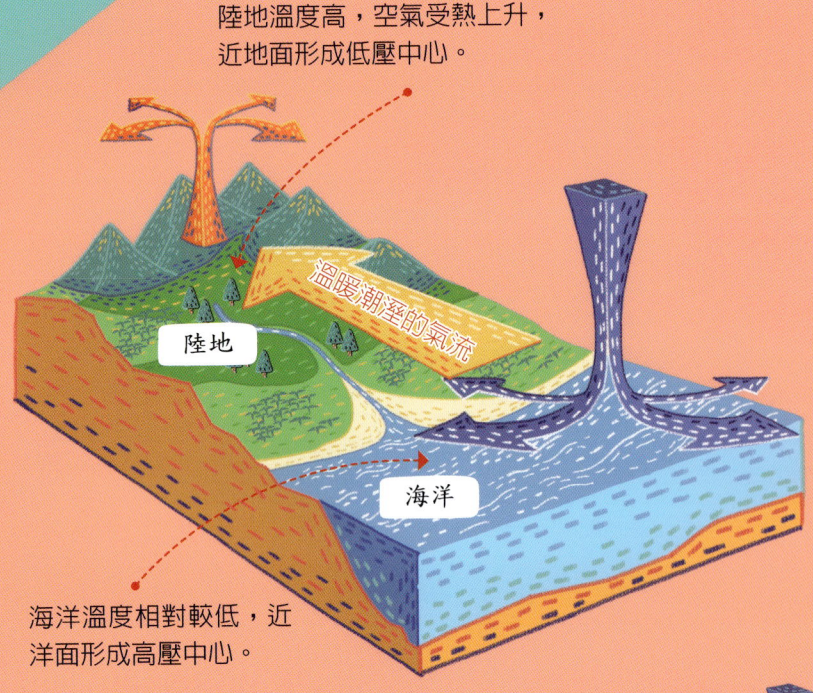

陸地溫度高，空氣受熱上升，近地面形成低壓中心。

溫暖潮溼的氣流
陸地
海洋

海洋溫度相對較低，近洋面形成高壓中心。

▲ 夏季季風形成示意圖

陸地溫度低，空氣收縮下沉，近地面形成高壓中心。

由於海陸熱力性質差異，在冬季，海洋的溫度比大陸高，大陸的氣壓則相對較高，形成了以蒙古—西伯利亞高原為中心的冷高壓。氣流從西伯利亞高壓區域流向海洋低壓區域，來自大陸的東北季風和西北季風，使中國冬季大部分地區都乾燥、少雨。

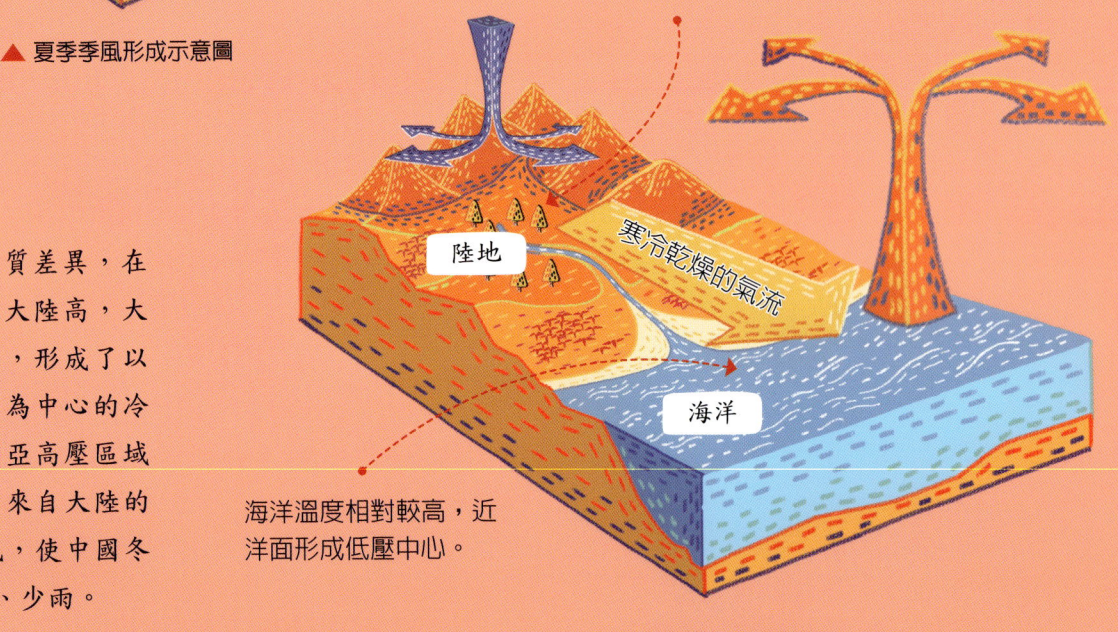

寒冷乾燥的氣流
陸地
海洋

海洋溫度相對較高，近洋面形成低壓中心。

▲ 冬季季風形成示意圖

❷ 季風區和非季風區的分界線

　　玉門關所在的甘肅省，處於亞洲大陸深處，與中國東部的沿海地區相距甚遠，又被高大的青藏高原與印度洋分隔。如此，來自太平洋的水氣和來自印度洋的水氣都極難到達這裡，所以無論冬天、夏天，甘肅大部分地區都是乾燥少雨的氣候。

　　中國的氣候區域分為季風區和非季風區，其劃分標準就是夏季風能否到達該區域。這兩個氣候區的分界線自東北向西南，大致穿過大興安嶺、陰山山脈、賀蘭山、巴顏喀拉山脈和岡底斯山脈。而玉門關，正是處於賀蘭山以西的非季風區內。由此看來，處於非季風區的玉門關的確是「春風所不能及」。

▲ 中國季風區和非季風區的分界線示意圖

大話玉門關

　　玉門關在漢武帝時期就有了。漢代玉門關在敦煌之東，後改置敦煌西北（小方盤城一帶）。唐代玉門關位於今瓜州縣東百餘里之雙塔堡東北。

　　玉門關作為重要軍事關隘，在詩歌中很早就成為邊塞、邊地、戰爭前線的象徵。因考慮到音韻、對仗等，詩作中的「玉門關」有時也略稱為「玉門」或「玉塞」。無數詩人的吟詠，賦予玉門關更豐富的文化意蘊，將歷史滄桑與個人情感融入字裡行間，化為永恆的符號。

水調歌頭

〔宋〕蘇軾

丙辰中秋,歡飲達旦,大醉,作此篇,兼懷子由。

明月幾時有?把酒問青天。不知天上宮闕,今夕是何年。我欲乘風歸去,又恐瓊樓玉宇,高處不勝寒。起舞弄清影,何似在人間。

轉朱閣,低綺戶,照無眠。不應有恨,何事長向別時圓?人有悲歡離合,月有陰晴圓缺,此事古難全。但願人長久,千里共嬋娟。

◎ 子由:蘇軾的弟弟蘇轍(ㄔㄜˋ),字子由。　◎ 歸去:回到天上去。　◎ 何似:哪裡比得上。

1 這首詞很好懂

丙辰年的中秋，我痛快飲酒至天亮，大醉之下寫下這首詞，同時懷念弟弟蘇轍。

明月何時開始有的？我手持酒杯遙問青天。不知道天上的宮殿，現在是哪一年。我想憑藉著風力飛到天上一看，又擔心美玉砌成的樓宇太高，抵禦不住寒冷。我起身舞蹈，玩賞自己清朗的影子，天上哪裡比得上人間。

月兒轉過朱紅的樓閣，低低地掛在雕花的窗戶上，照著毫無睡意的人。明月不應對人有恨意，為何總在人別離之時圓呢？人有悲歡離合，月有陰晴圓缺，此事自古以來難以周全。但願人們可以長長久久地在一起，即使相隔千里也能共賞一輪明月。

2 詩詞鑑賞課

這首詞上闋（ㄑㄩㄝˋ）寫賞月，作者中秋大醉，把酒相問，欲至天宮探看。這一方面出於作者的奇思妙想，一方面也顯露出他對現實的不滿。「何似在人間」，最終入世的理想占上風。下闋望月懷人，無眠之夜，由月的陰晴圓缺聯想到人的悲歡離合，凡事均有缺憾，無須怨天尤人。「但願」寄託了作者美好的願望，感傷的別離之情又轉換為對離人的祝福。

3 詩詞故事：東坡食麵

北宋文豪蘇軾，號東坡居士，與父親蘇洵、弟弟蘇轍並稱「三蘇」。父親去世後，兄弟倆相互扶持，感情頗為深厚。

蘇轍心思沉穩，而蘇軾生性豁達，即便身處逆境，也不改樂觀本色。西元1097年，蘇軾被貶瓊州，弟弟蘇轍被貶雷州。兩人在途中相遇，感慨良多。適逢路邊有一麵攤，兩人各叫了一碗麵。只是這荒野中的麵條粗劣不堪，蘇轍難以下嚥，放下筷子長吁（ㄒㄩ）短嘆，一旁的蘇軾卻大快朵頤（一ˊ）。等蘇軾吃完，看到弟弟食欲不振的模樣，笑道：「莫非你還要細細咀嚼，品嚐一番嗎？」兩人對視，哈哈一笑。

參考答案：人有悲歡離合，月有陰晴圓缺，此事古難全。

4 小試牛刀

〈水調歌頭・明月幾時有〉這首詞中蘊含豐富哲理的詞句是＿＿＿＿＿＿＿＿＿＿＿＿＿＿＿＿。

5 「寒」字飛花令

寒雨連江夜入吳，平明送客楚山孤。——〔唐〕王昌齡〈芙蓉樓送辛漸〉

吳質不眠倚桂樹，露腳斜飛溼寒兔。
——〔唐〕李賀〈李憑箜篌（ㄎㄨㄥ ㄏㄡˊ）引〉

姓名：蘇軾
字：子瞻（ㄓㄢ）
生年：1037
卒年：1101

43

大氣層的垂直分層

好奇放大鏡

蘇軾本想「乘風而去」，可又擔心自己忍受不了那高空的寒冷。我們頭頂的大氣，據測算厚度超過1000千公尺。科學家依據大氣在垂直方向上的溫度、密度及運動狀況的差異，將大氣層分為五層，依次是對流層、平流層、中氣層、增溫層、外氣層。

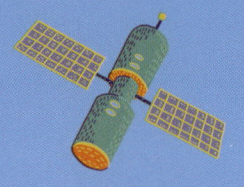

❶ 對流層：天氣活動大舞臺

大氣距離地面最近的一層是對流層。地面長波輻射是該層的主要熱源，離地面越近的大氣，受熱越多，所以該層上部冷、下部熱，十分有利於對流運動。幾乎所有的天氣活動都在該層發生，這也是與人類活動關係最密切的大氣層圈。值得注意的是，對流層的厚度在不同緯度地區有所差異。緯度越低的地區，對流層越厚。

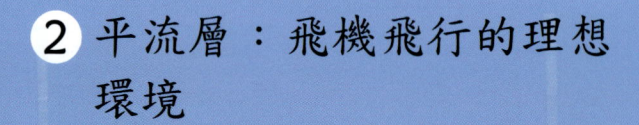

❷ 平流層：飛機飛行的理想環境

在對流層之上至50公里～55公里的高空是平流層的地盤。這裡大氣運動平緩，且基本都是水平方向運動。加上平流層中幾乎沒有水氣，天氣晴朗，因而很適合飛機航行。因平流層距離地面較遠，且存在許多吸收陽光的「得力幹將」——臭氧，平流層氣溫隨高度增高，該層大氣的下層氣溫起初保持不變或微有上升，在30公里以上又迅速升高。

衛星

太空船

無線電探空儀

民用飛機

超音速飛機

雙翼機　熱氣球　跳傘員

外氣層
增溫層
中氣層
平流層
對流層

海拔

❸ 中氣層、增溫層、外氣層

在平流層之上的高空中，還存在中氣層、增溫層和外氣層。中氣層內氣溫隨高度增加而迅速降低，最低可達-110℃以下；增溫層氣溫隨高度增加又迅速升高，可達226℃～1726℃不等。人們到南極、北極追尋的絢爛的極光，就是增溫層中高能粒子的一次能量釋放。外氣層的氣溫變化不大，這裡的高度已經超過800公里，只有人造衛星、火箭才能到達。

人類嚮往的高空

蘇軾在作品中幻想自己能隨風至天宮遊覽一番。從古到今，人類對更高、更遠天空的探索從來沒有停止。明朝一個叫陶成道的人，手持風箏，坐在綁有火箭的椅子上，希望能飛上天空，結果在火箭爆炸後失去了生命。今日世界各國也積極發展太空計畫，逐步探索太空。

天空，見證著人類自古至今的嚮往和追求。了解和探索，或許永遠沒有終點。

別董大

〔唐〕高適

千里黃雲白日曛，
北風吹雁雪紛紛。
莫愁前路無知己，
天下誰人不識君？

◎ 董大：指唐代著名琴師董庭蘭。
◎ 曛：昏暗。

1 這首詩很好懂

空中塵雲密布，日光昏暗。北風送走大雁，又吹來紛飛的大雪。別擔心未來沒有知心朋友，天下有誰不認識您呢？

2 詩詞鑑賞課

本詩名為送別，但全無送別的纏綿與不捨。一二句以落日黃雲、風雪雁飛描繪出淒清而闊大的景象，既是實景，也是下文前路迷濛的暗示。但緊接著一個「莫愁」，一掃淒哀之意，以「天下誰人不識君」慰勉友人，盡顯豪邁之氣。

❸ 詩詞故事：邊塞詩人高適

　　高適是唐代著名的邊塞詩人。其祖父以軍功被封為大將軍，到了高適這一代家道中落。高適早年生活困苦，一直混跡於底層，屢次科舉均以失利告終。期間，他結識了一位琴師董庭蘭，時人稱之為「董大」。互相引以為知音。

　　西元747年，吏部尚書房琯（ㄍㄨㄢˇ）被貶出朝，門客董大也離開長安。這個冬天，他與高適異地重逢，二人相別時，同樣不得志的高適以此詩相贈，激勵董庭蘭積極進取。兩年後，高適進士及第，之後前往河西節度使哥舒翰麾（ㄏㄨㄟ）下任職，其間創作了許多以軍營、戰事為題材的邊塞詩。安史之亂爆發後，高適先是隨哥舒翰駐守潼關，後為國征戰，功勳卓著，最後晉爵封侯。《舊唐書》評曰：「有唐以來，詩人之達者，唯適而已。」

姓名：高適
字：達夫
生年：704
卒年：765

❹ 小試牛刀

「天下誰人不識君」中「君」的意思是（　　）。
A.君子　　B.詩人自己　　C.敬辭，稱對方

❺ 「別」字飛花令

接天蓮葉無窮碧，映日荷花<u>別</u>樣紅。
　　——〔宋〕楊萬里〈曉出淨慈寺送林子方〉
明月<u>別</u>枝驚鵲，清風半夜鳴蟬。
　　——〔宋〕辛棄疾〈西江月・夜行黃沙道中〉

答案參考：C

送別詩是中國文學史上重要的詩歌門類，自《詩經》以降，歷代都有膾炙人口的名篇問世。因為古來送別多「登山臨水」，故送別詩也常與山水題材結合。

47

沙塵暴

好奇放大鏡

「黃雲」的意象經常在邊塞詩中出現。〈別董大〉中的「黃雲」指天上的烏雲，但「黃雲」在其他一些詩作中也被用來形容黃沙彌漫如雲，如郎士元的詩句「春色臨邊盡，黃雲出塞多」。關塞悠遠，黃沙漫漫。邊塞地區的這麼多黃沙究竟從何而來？它們為什麼會有遮天蔽日的威力呢？

1 沙塵暴的形成

沙塵暴，指風挾帶大量沙塵、乾土，使得空氣混濁、天色昏暗的天氣現象。中國是沙塵暴災害較為嚴重的國家之一。沙塵暴是如何形成的呢？

▲ 沙塵暴的形成示意圖

在沙塵暴多發的北方，從入冬直到來年春天都乾旱少雨，沙粒和塵土沒有雨水的潤澤，處於鬆散狀態。加上植被尚不繁盛，植物根系對地面沙粒、塵土的固定作用不強，沙塵十分容易被風捲到空中。

冬季來臨時，來自西伯利亞的冷風從西北方向吹進中國，所過之處一片肅殺，氣溫快速降低。強烈的變化讓原本處於中國北方的相對溫暖的大氣「難以適應」，在冷鋒前形成強烈的對流──冷空氣快速下沉，熱空氣快速上升，甚至伴隨著漩渦的出現。在氣流運動下，大風席捲地面，將更多的沙塵吹得又遠又高。

② 沙塵暴的危害

　　被沙塵暴席捲過的地方，建築、植被等都會蒙上一層黃沙，嚴重處黃沙的厚度甚至可達一公尺！黃沙彌漫的環境中，能見度大幅降低，交通事故頻仍。大風中攜帶的堅硬的沙礫，磨蝕建築物的表面，使之變得坑坑窪窪。地面的作物也會「折兵損將」，強烈的大風將地表土壤刮去一層，帶走了土壤中具有肥力的有機質，從而使作物的產量大幅降低。對人類而言，沙塵暴中的沙塵、病菌和病毒進入呼吸道中，可能造成呼吸道感染、肺炎甚至更難治癒的疾病。

　　在沙塵暴對人們生活影響嚴重的地區，治理沙塵暴成了當務之急。近年，沙塵多來自棄耕的農田和荒漠化的土地。因此，選擇適宜的植被加以種植以穩固水土是重中之重。同時，在沙漠邊緣種植防護林，以阻隔大部分沙塵，也是行之有效的方法。

▲ 沙塵暴引起的土地退化

▲ 沙塵暴可能導致交通事故

沙塵暴對海洋生態系統影響巨大

　　沙塵暴是一種區域性的天氣現象，除了對陸地上的空氣品質、氣候變化產生直接作用，它對海洋生態系統也有巨大影響。一方面，沙塵暴透過沙塵的沉降入海為海洋補充鐵、氮等營養物質，它們是一些海洋浮游生物重要的營養來源；但另一方面，沙塵暴的細顆粒在長距離的傳送過程中，除了輸送大量礦物質，還將大量的汙染物透過遠洋大氣輸送至海洋。汙染物中的重金屬及有毒有機物，也可能對海洋生態系統造成損害。

白雪歌送武判官歸京

〔唐〕岑參

北風捲地白草折，
胡天八月即飛雪。
忽如一夜春風來，
千樹萬樹梨花開。
散入珠簾溼羅幕，
狐裘不暖錦衾薄。
將軍角弓不得控，
都護鐵衣冷難著。
瀚海闌干百丈冰，
愁雲慘澹萬里凝。
中軍置酒飲歸客，
胡琴琵琶與羌笛。
紛紛暮雪下轅門，
風掣紅旗凍不翻。
輪臺東門送君去，
去時雪滿天山路。
山迴路轉不見君，
雪上空留馬行處。

◎ 鐵衣：鎧（ㄎㄞˇ）甲。
◎ 瀚海：沙漠。
◎ 闌干：縱橫交錯的樣子。

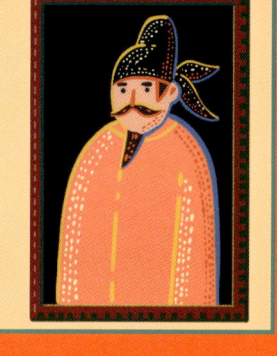

1 這首詩很好懂

　　北風席捲大地吹折白草，塞北的天空八月就飄起了大雪。彷彿一夜之間春風襲來，萬千樹上猶如梨花競相開放。雪花飛入珠簾浸溼羅幕，狐皮袍子已經不保暖，就連絲綢被子也顯得單薄。將軍的手凍得拉不開弓，鐵甲冰冷得讓人難以穿上。無邊的沙漠到處結著厚厚的冰，萬里長空凝聚著慘澹的愁雲。主帥在大帳中為歸客擺酒餞行，讓胡琴、琵琶與羌笛合奏助興。傍晚的轅門前，大雪紛紛落下，風也無法吹動凍僵的紅旗。輪臺東門外送你離去，你走時大雪蓋滿了天山路。山路曲折，你的身影已看不見，雪地上只留下一行馬蹄印跡。

2 詩詞鑑賞課

　　這是一首邊塞送別詩，詩人用一連串的細節描寫，生動刻畫了邊塞地區刺骨的寒冷，氣勢渾然。環境如此惡劣，卻並不是為了襯托離愁別緒，而是突顯了將士們日常生活中積極的精神面貌。「忽如一夜春風來，千樹萬樹梨花開」是千古傳誦的名句，雖是寫冬雪，讀者卻能從中品出一絲春意。

3 詩詞故事：高產的邊塞詩人——岑參

　　岑參出生於貧寒之家，少年苦讀的他，直到三十歲那年才通過科舉謀得一個小吏之職。為積累軍功光復家族榮光，岑參先後兩度出塞，途經戈壁大漠，最遠抵達天山餘脈。在見識了邊疆的遼闊，感受到將士們的艱辛後，岑參以奇特豪邁的藝術手法，寫下瑰麗雄奇的詩句，為世人勾勒出邊塞風情，呈現出別樣的美感。岑參的傳世詩作約有四百餘首，其中邊塞題材的作品多達七十餘首。他也成了大唐邊塞詩人中留存作品最多的一位。

4 小試牛刀

「忽如一夜春風來，千樹萬樹梨花開」運用了（　　）的修辭手法。
A.比喻　　B.擬人　　C.誇飾

5 「北風」飛花令

寧可枝頭抱香死，何曾吹落北風中。——〔宋〕鄭思肖〈寒菊〉
北風吹雪四更初，嘉瑞天教及歲除。——〔宋〕陸游〈除夜雪〉

答案見下：A

姓名：岑參
字：不詳
生年：約715
卒年：770

好奇放大鏡

氣候的形成因素

「北風捲地白草折，胡天八月即飛雪。」農曆八月，中國南方暑氣還未褪盡，西北地方早已冷風呼嘯，下起了鵝毛大雪。南北兩地，為何出現如此巨大的氣候差異？這要從氣候的形成因素說起。緯度位置、海陸位置和地形地勢是影響中國氣候形成的三大因素。

❶ 緯度位置

太陽光熱並不能均勻地抵達地球的每一處。太陽直射點只能在南北回歸線之間徘徊，離太陽直射點越遠，接收到的太陽輻射越少。因此，排除其他因素的影響，從低緯度地區到高緯度地區，氣溫會越來越低。

太陽輻射不只影響著熱量在整個地球表面的分布，也影響了一個地區的四季變化。北半球季節由夏轉冬，就是因為太陽直射點從北半球轉入了南半球，從而使北半球接受的太陽輻射減少。

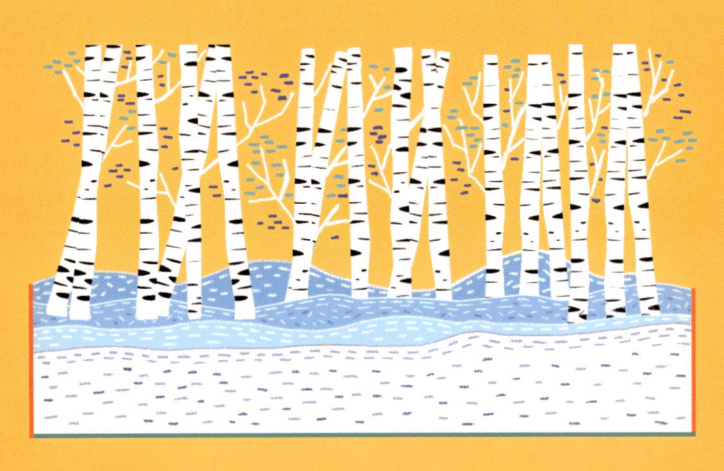

▲ 中國最北處的漠河緯度高，夏季短，冬季長而寒冷

▲ 中國南端的海南島緯度低，氣溫高，長夏無冬

❸ 地形地勢因素

如果縱觀中國各地區的氣候類型，就會發現青藏高原地區的氣候類型和其四周均不相同，這是由當地特有的高原地形決定的。青藏高原憑藉著其平均4000公尺以上的海拔，阻隔了絕大部分水氣的輸送。高原之上空氣稀薄，氣溫低而紫外線強，早晚溫差很大。

即使是同一山地，由於地勢的影響，山地周圍的氣溫也要高於中心。迎風坡和背風坡氣候也不盡相同。若是山地海拔足夠高，同一山地的氣候還會在垂直方向上存在差異。

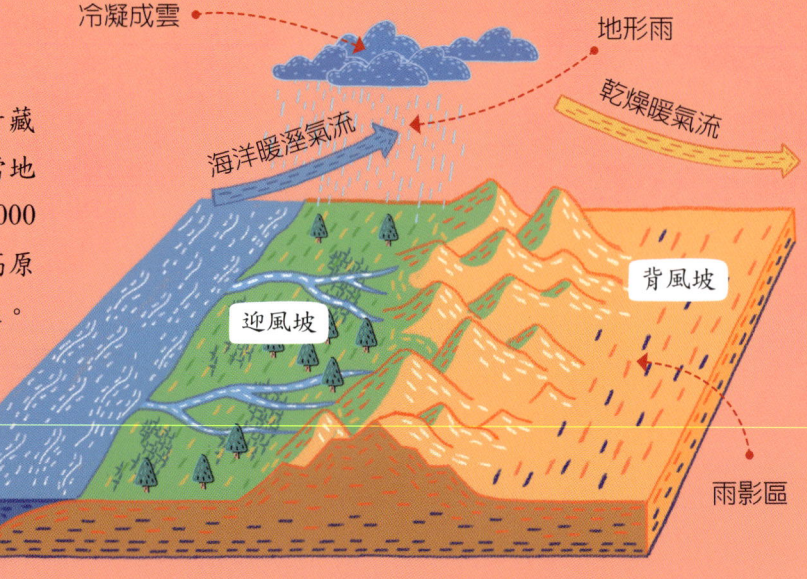

▲ 同一山地的迎風坡和背風坡存在降水差異

52

❷ 海陸位置

　　海陸位置是影響氣候形成的另一主要因素。中國幅員遼闊，東部與海洋相接，西部深深插入歐亞大陸。以北方為例，自東向西，氣候也從溫帶季風氣候轉變為溫帶大陸性氣候。其原因就是西部遠離了海洋這個巨大的水資源庫。夏季，來自海洋的季風源源不斷地將豐沛的水氣從海洋吹向大陸。可是沿途難免折損消耗，影響的範圍必然有限。因而越遠離海洋，氣候也會越乾燥。中國內蒙古自治區自東北向西南的「森林—草原—荒漠」的植被景觀就是海陸位置影響降水的最佳例證。

森林

降水量較大，植被種類較多、較茂盛

草原

降水量少，植被稀少

荒漠

▲ 內蒙古自治區自東北向西南植被景觀分布圖

高山上的雪為什麼終年不化？

　　天山、祁連山、喜馬拉雅山等山脈綿延千里，高高的山頂上，終年覆蓋著積雪，即使是盛夏也不會融化。這是為什麼呢？

　　高山的氣溫相比平原地區要低很多。海拔越高，空氣越稀薄，太陽輻射帶來的熱量散失也越快。因此，山地的海拔越高，氣溫就越低。當氣溫降至0℃以下時，冬天的積雪便不會融化了。這個氣溫降至0℃的界限，也就是積雪終年不化的界限，稱為雪線。

　　同時，相比光禿禿的陸地，山頂的積雪更能反射太陽輻射。超過半數的太陽輻射被反射回去，使得山頂增溫更加困難，積雪要想融化也就更難了。

絕句

〔宋〕吳濤

遊子春衫已試單，
桃花飛盡野梅酸。
怪來一夜蛙聲歇，
又作東風十日寒。

◎ 試單：嘗試換上單衣。
◎ 怪來：驚疑。

❶ 這首詩很好懂

離家的遊子已嘗試換上單薄的春衣，枝頭桃花落盡，野生梅子已發酸。奇怪的是，叫了一晚的蛙聲突然停止了。原來是東風又起，又該冷上數日了。

❷ 詩詞鑑賞課

詩人心思細膩，善於捕捉細節，先後調動視覺、聽覺、味覺、觸覺等各種感官，突顯天氣的變化。全詩一波三折，層次多變，給人豐富的美感。

❸ 詩詞故事：那些流浪詩人們

旅行是中國詩詞重要的題材之一。在漫長的歷史長河中，詩人們在遊歷中寫下無數優秀的詩篇。其中最瀟灑的非李白莫屬，他的足跡遍布全國兩百多個地方，途中不忘飲酒、交友，並放言「人生得意須盡歡，莫使金樽空對月」。最「折騰」的莫過於杜甫，他一生迫於生計艱難跋涉，用雙腳丈量著大唐的土地，最終客死他鄉。與杜甫不同，蘇軾生性樂觀，雖屢遭貶黜，卻發出「此心安處是吾鄉」的感慨。詩人中最成功的遊子當數韓愈，他因直言被貶輾轉半生，從潮州一路向北仍不失耿介本色，最終抵達京師升任吏部侍郎，他將走出的每一步，都化作通向人生巔峰的動力。

蘇軾　　韓愈　　李白　　杜甫

清脆嘹亮的蛙鳴，在詩人筆下化作一首首恬靜、和諧的田園牧歌，其中有對故鄉的思念，有對自然的讚美，也有豐收的喜悅……

❹ 小試牛刀

「十日寒」中的「十」為虛數，指多日。下列詞語中的數字虛指的是（　　）。
A.四肢俱全　　B.學富五車　　C.三顧茅廬

❺ 「蛙」字飛花令

黃梅時節家家雨，青草池塘處處蛙。
　　　　　　——〔宋〕趙師秀〈約客〉
稻花香裡說豐年，聽取蛙聲一片。
　　　　　　——〔宋〕辛棄疾〈西江月‧夜行黃沙道中〉

參考答案：B

冷空氣

好奇放大鏡

桃花落盡，梅子生酸，遊子脫下厚厚的冬裝，換上單薄的春衫。眼瞅著春意闌珊，夏日將至，可天氣是如此讓人捉摸不透，轉眼間又冷風呼嘯，寒氣襲人。帶來寒意的冷空氣從何而來？又會產生哪些影響呢？

▲ 北極

▲ 西伯利亞

▲ 中國

1 冷空氣從哪裡來

冷空氣是使它途經之處氣溫下降的空氣團。影響中國的冷空氣大都從北極「發貨」。北極不僅是地球的冷極之一，也是大氣的冷源，那裡囤積著大量冷空氣。冬天，北極地區冷空氣多，氣壓高，高、中緯度地區的氣壓相對較低。由於空氣從高壓流向低壓，於是北極冷空氣就開始南下了。

南下的冷空氣來到它的「第二故鄉」——西伯利亞高原。這片高原在歐亞大陸深處，緯度高，海拔高，日照時間短，且氣候乾燥，產生的氣團也是寒冷而缺少水分的。因此，這裡形成一個冷高壓地區。來自北極的冷空氣到達這裡後，開始積極積蓄能量，然後在西北高空氣流的推動下徑直南下。

冷空氣影響範圍極其廣泛，包括整個蒙古，中國的北部、東部和中部等大部分地區，影響時間更是可以從入冬一直持續到來年開春。在夏季，因為海洋溫度更低，氣壓更高，因此中國的盛行風是來自印度洋和太平洋方向的暖風，和冷風正是相反的方向。每年由秋入冬之時，大陸風向的「主導權」逐漸由暖變冷，由海洋風變為大陸風。冷空氣在西北氣流的推動下，兵分四路進入大陸，所到之處無不降溫、降雨。

2 冷空氣危害不小

　　冷空氣由弱至強，分為東北風、東北季風、大陸冷氣團、強烈大陸冷氣團和寒流。即使是東北季風，氣溫也能在兩天之內降低約6℃。

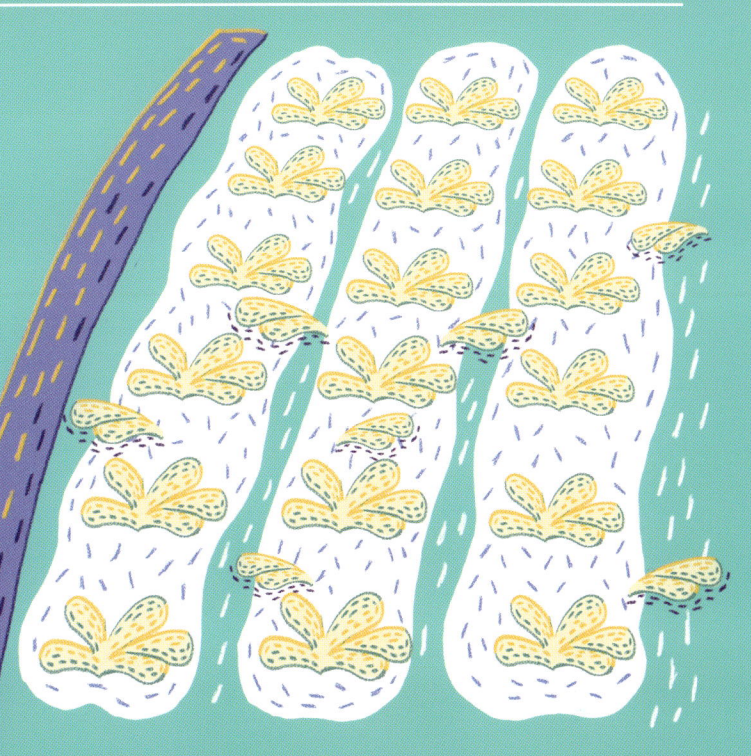

　　等級最高的寒流，可以使氣溫在一天內下降8℃以上，從而對農作物造成不可逆的損害。為應對冷空氣來襲，對需要越冬的作物，人們要提前做好大棚的防風加固工作。同時，還要抓緊寒流來前的時機，翻土鬆土，做好田間管理。

為什麼人們覺得南方的冬天比北方冷？

　　中國南方地區的年均氣溫明顯高於北方地區。可多數人卻認為南方的冬天更冷，這是為什麼呢？

　　使我們感到寒冷的，除了氣溫，還有溼度在作祟。有研究表明，溼度增加10%，人感受到的溫度降低1℃。以中國上海為例，上海冬季的平均溼度可達到60%～70%，而北方的平均溼度僅有20%。所以，即使上海冬天氣溫更高，在高溼度的環境下，人們仍然會感受到刺骨的寒冷。除此之外，在冬天，潮溼的南方常常是陰沉多雲的；而乾燥的北方常常以晴天為主。在厚厚的雲層遮蔽下，太陽輻射更不易到達地面，因而人們雖在南方，卻感到更加寒冷些。

休息一下,準備開啟下一段旅程吧!

國家圖書館出版品預行編目（CIP）資料

笑讀詩詞學地理【氣候氣象】/新國潮童書編著.
-- 初版. -- 臺北市：五南圖書出版股份有限公司,
2025.03
　面；　公分
ISBN 978-626-423-160-2(平裝)

831　　　　　　　　　　　　114000752

ZX3K

笑讀詩詞學地理【氣候氣象】

編　著　者：新國潮童書
編輯主編：黃文瓊
責任編輯：吳雨潔
文字校對：盧文心、溫小瑩
封面設計：姚孝慈
內文編排：徐慧如
出　版　者：五南圖書出版股份有限公司
發　行　人：楊榮川
總　經　理：楊士清
總　編　輯：楊秀麗
地　　　址：106臺北市大安區和平東路二段339號4樓
電　　　話：(02)2705-5066
傳　　　真：(02)2706-6100
網　　　址：https://www.wunan.com.tw
電子郵件：wunan@wunan.com.tw
劃撥帳號：01068953
戶　　　名：五南圖書出版股份有限公司
法律顧問：林勝安律師
出版日期：2025年3月初版一刷
定　　　價：新臺幣350元

※ 版權所有，欲利用本書全部或部分內容，必須徵求本公司同意 ※

版權聲明

本書通過四川文智立心傳媒有限公司代理，經四川少年兒童出版社有限公司授權，同意五南圖書出版股份有限公司在中國香港、澳門、臺灣獨家出版、發行繁體中文紙版書。非經書面同意，不得以任何形式任意重製、轉載。